Klarant Verlag

***Ele Wolff*** lebt in Ostfriesland. Auch wenn sie keine waschechte Ostfriesin ist (in Frankfurt/Main geboren) betrachtet sie sich doch als Gesinnungsostfriesin und gibt sich ganz ihren kriminellen Energien hin. Ele Wolff: „In Ostfriesland, hinter den Deichen, im Watt und auf den Inseln geschehen manche unheimlichen Dinge, von denen niemand etwas weiß. Deshalb liebe und schreibe ich Krimis und andere Geschichten. Ich kann meine Gedanken ausleben, die man im wahren Leben nicht so leicht findet oder die unangebracht sind. Ich kann unliebsame Ehemänner oder Chefs entsorgen, reich durch Erbschaft werden oder einfach in einen anderen Erdteil flüchten".

Ele Wolff

# Die Toten von Spiekeroog

## Ostfrieslandkrimi

Klarant Verlag

Klarant Verlag, www.klarant.de – www.ostfrieslandkrimi.de
ISBN: 978-3-95573-836-5
1. Auflage 2018
Umschlagabbildung: Klarant Verlag

Printed in the EU.

## 1. Kapitel

Mit einem Ruck zog Tomke an ihrem Rollkoffer, der sich in einer Rille des Gehwegs festgesetzt hatte. »Mist«, schimpfte sie und gab dem Gepäckstück einen Tritt.

Sie war auf dem Weg zu ihrer Kundin Livia Mansen, die aufgrund einer Gehbehinderung nicht mehr den Inselfriseur aufsuchen konnte. Schon seit mehreren Jahren machte sich die junge Friseurin jeden Freitagnachmittag auf den Weg zu ihrer Stammkundin. Tomke liebte diese Hausbesuche, denn nach getaner Arbeit gab es Kaffee und Kuchen, es wurde getratscht, was das Zeug hielt, und vor keinem Bewohner der Insel Spiekeroog Halt gemacht.

Das Ehepaar Livia und Henning Mansen wohnte im Friederikenweg in einem hübschen Insulanerhaus auf der Nordseeinsel Spiekeroog. Tomke blieb vor dem Haus mit der grünen Tür und den grünen Fensterläden stehen. Wie fast alle Häuser auf der Insel verfügte das Haus der Mansens über eine großzügige Veranda, auf der früher die Hausgäste gefrühstückt hatten.

Tomke lehnte ihren Koffer mit dem Arbeitsmaterial an die Holzbank vor dem Haus und drückte auf den großen silberfarbigen Klingelknopf. Meist dauerte es eine Weile, bis die Tür geöffnet wurde, denn auch Livias Mann war seit einer Achillessehnenoperation nicht gut zu Fuß.

»Moin«, rief Piet Hasebourg, der gerade vorbeilief und seine schwere Posttasche über die Schulter zog. »Da macht keiner auf.« Er deutete auf das Haus der Mansens. »Ich hatte heute einen Einschreibebrief, jetzt muss ich ihn wieder mitnehmen.«

»Ich warte noch einen Moment«, antwortete die junge Frau. »Es dauert ja immer ein bisschen.«

»Ich würde ja auch warten, aber gerade heute will ich pünktlich sein«, erklärte der Postbote. »Ich will heute noch rüber nach Neuharlingersiel.«

»Was willst du da denn?«

Piet kam zwei Schritte näher. »Ich brauche ein Geburtstagsgeschenk für meine Frau. Renate wird nächste Woche fünfzig.«

Tomke drückte noch einmal auf die Klingel. »Deshalb musst du doch nicht zum Festland«, meinte sie und drehte sich kurz zu Piet um. »Ich habe einen tollen Schmuckkatalog zu Hause. Kann ich dir leihen.«

Piet schüttelte den Kopf. »Nee, das tut nicht not. Ich kann bei meinem Bruder schlafen. Und außerdem«, flüsterte er und trat noch einen Schritt vor, »bin ich froh, wenn ich mal ein bisschen was anderes sehe.«

»Du kannst es dir ja noch mal überlegen«, sagte Tomke und betätigte noch einmal die Klingel. Es rührte sich immer noch nichts.

Piet zuckte mit den Schultern und setzte seinen Weg fort.

Tomke sah prüfend auf ihre Armbanduhr. Die verabredete Zeit stimmte. Aus ihrer Hosentasche zog sie ihr Handy und rief bei den Mansens an. Der Ruf ging durch und nach achtmaligem Läuten schaltete sich der Anrufbeantworter ein mit dem Hinweis, dass zurzeit niemand zu Hause sei und man eine Nachricht hinterlassen könne.

Tomke musste schmunzeln. Livia verließ so gut wie nie das Haus und auch Henning Mannen lief nur hin und wieder ins Dorf, um eine Zeitung zu kaufen. Die Lebensmittel wurden gebracht und das Rentnerehepaar sah keine weitere Veranlassung, sein Heim zu verlassen.

Noch zweimal betätigte Tomke die Klingel, ohne Erfolg. Irgendetwas stimmte hier nicht, befürchtete sie. Die beiden mussten zu Hause sein. Sie lief um das Haus herum. Auf der Terrasse standen zwei Gartenstühle, dicke Polster sorgten für Bequemlichkeit. Alles schien vorbereitet für einen schönen Mainachmittag in der Sonne. Die Glastür, die in die Küche führte, war verschlossen. Tomke versuchte, in das Innere des Hauses zu blicken, sah aber nur ihr eigenes Spiegelbild. Entschlossen rückte sie den aufgespannten Sonnenschirm mit dem schweren Ständer aus Beton bis zur Tür. Jetzt im Schatten erkannte sie die Hauseigentümer am Tisch sitzend. Beide hatten ihren Kopf auf den Tisch gelegt und schienen zu schlafen. Trotz ihres heftigen Klopfens reagierten sie nicht. Ohne lange zu überlegen, nahm Tomke einen Blumentopf und warf ihn durch die Scheibe. Auch das laute Klirren rief keine Reaktion von Henning oder Livia hervor. Vorsichtig entriegelte sie die Tür und betrat die Küche. Tomke wusste sofort, dass dort zwei tote Menschen am Tisch saßen. Die Augen waren weit geöffnet, die Haut war weiß mit einem olivfarbenen Schimmer. Sie ging vorsichtig näher und berührte Livia an der Schulter. Das Brandmal am Hals der Toten stach ihr wie ein Blitz ins Auge.

## 2. Kapitel

Hinrich Hoogestraat hustete, lief zum Fenster und riss es auf. Anschließend nahm er die Pfanne vom Herd und warf sie ins Spülbecken. »So'n Schiet.«

»Was ist los?«, rief Janneke. Seine Nichte stand in der Küchentür und sah entgeistert ihren Onkel an.

»Das Öl, ich habe das falsche Öl genommen. Deshalb hat das auch so gequalmt.« Er wedelte mit einem Küchenhandtuch in der Luft herum. »Jetzt klingelt auch noch das blöde Telefon. Kannst du mal eben drangehen?«

Janneke schüttelte den Kopf und hob ihre Hände hoch. »Ich habe gerade meine Fingernägel frisch lackiert. Wenn ich da jetzt dranstoße, war die ganze Arbeit umsonst.«

Hinrich stöhnte laut auf. »Dann muss ich ja wohl«, brummte er, lief in den Flur und nahm den Hörer ab. »Moin!! Hier Hoogestraat!«

Wer immer das auch war, würde bei dieser gebrüllten Begrüßung garantiert sofort den Hörer auflegen, befürchtete Janneke und pustete auf ihre frisch lackierten Fingernägel.

Sie hörte, wie Hinrich mit jemandem sprach und auf einmal kurz auflachte. »Für dich«, rief er dann und hielt seiner Nichte den Telefonhörer entgegen.

»Hier, Hanna-Eva ist dran.«

Einen Moment brauchte sie, um zu verstehen, dass ihre Cousine Hanna-Eva aus Spiekeroog am Telefon war.

Vorsichtig nahm sie den Hörer und hielt ihn mit spitzen Fingern an ihr Ohr. »Hanna-Eva? Das ist ja nett, dass du anrufst. Wir haben uns ja ewig nicht mehr gesprochen.«

»Und seit Jahrhunderten nicht gesehen«, meinte Hanna-Eva und lachte. »Wie geht's dir denn?«

»Ich kann nicht klagen. Mein neuer Krimi läuft gut und mein letzter Auftrag hat mir auch ein schönes Einkommen beschert.«

»Wahrscheinlich hast du den größten Teil gleich in ein Schuhgeschäft getragen. Stimmt's?«

»Na ja, du kennst mich ziemlich gut«, lachte Janneke und war verblüfft, dass Hanna-Eva ihre Vorliebe für High Heels nicht vergessen hatte. Janneke konnte trotz ihrer fünfundsiebzig Paar fast nie an einem Schuhgeschäft vorbeigehen, ohne ein Paar Schuhe zu kaufen. »Aber dieses Mal habe ich mich beherrscht. Ich habe mir nur eine neue Handtasche gekauft. Total schick, sag ich dir. Dunkelblau mit rosa Streifen abgesetzt. War ein Schnäppchen. Aber wie geht es dir?«

Hanna-Eva schwieg einen kurzen Moment. »Deshalb rufe ich eigentlich an.«

»Ist es schlimm?« Janneke hatte schon immer einen guten Draht zu ihrer Inselcousine, wie sie sie manchmal scherzhaft nannte, obwohl die Pensionswirtin fünfzehn Jahre älter war als sie selbst und fast einer anderen Generation angehörte.

»Nein, schlimm ist es nicht, aber die Saison beginnt gerade und ich habe mir vor zwei Wochen den rechten Arm gebrochen. Im Moment tut das noch höllisch weh.«

»Oh je, das ist ja blöd. Mit einem gebrochenen Arm kann man nicht viel machen.« Janneke hielt sich das linke Ohr zu, denn Hinrich klapperte in der Küche laut mit Geschirr und führte Selbstgespräche. »Kann ich dir irgendwie helfen?«

»Es ist so, Bärbel kommt zwar jeden Morgen, aber sie schafft das nicht alleine mit Frühstück und den Zimmern. Deshalb ...«

»Würde es dir helfen, wenn ich komme?«, unterbrach Janneke ihre Cousine. »Schreiben kann ich auch auf der Insel.« Sie liebte die Abwechslung.

»Wenn es dir nichts ausmacht«, antwortete Hanna-Eva und lachte erleichtert auf. »Das würde mir sehr helfen. Außerdem hätten wir genügend Zeit zum Quatschen.«

Hinrich stand abwartend in der Küchentür und sah seine Nichte fragend an.

»Gleich morgen früh packe ich meine Sachen und bin spätestens morgen Nachmittag auf der Insel«, informierte Janneke ihre Cousine. Noch ehe sie aufgelegt hatte, war

Hinrich wieder in der Küche verschwunden und klopfte mit Hingabe zwei Schnitzel platt.

***

Die Spiekeroog IV lag schon am Anleger, als Janneke auf ihren hochhackigen Schuhen zur Fähre eilte. Ihren Koffer hatte sie zuvor in einen der Container gestellt, die das Gepäck zur Insel transportierten.

Die grün gestrichenen Eisenstufen, die ans Oberdeck führten, machten ihr zu schaffen, denn ein paarmal rutschte ihr dünner Absatz durch die Aussparungen auf der Treppe.

Ihr war schnell klar, dass diese Art Schuhwerk nicht besonders inseltauglich war. Vorsorglich hatte sie ein Paar bequemere Schuhe mit niedrigeren Absätzen eingepackt. Ihre High Heels wollte sie aber, sooft es irgend ginge, auch auf der Insel tragen. Sie war nun mal der Ansicht, dass sie in flachen Schuhen wie ein Trampeltier aussah.

Die grelle Sonne brannte in den Augen, der Wind war mehr als kühl. Nachdem die Fähre abgelegt hatte, nahm sie aus ihrer überdimensionalen Handtasche eine Windjacke und setzte ihre Sonnenbrille auf. »So ist es besser«, seufzte sie und freute sich auf die kommenden Wochen, die sie auf der Insel verleben würde.

Im Inselhafen nahm Janneke ihren Koffer wieder in Empfang und lief Richtung Dorf. Vor dem Inselmuseum blieb sie stehen und betrachtete das niedrige Inselhaus mit den grünen Fenstern und dem alten Baum davor. Janneke konnte sich gut vorstellen, in so einem Haus zu wohnen. Nach ein paar Minuten hatte sie die Pension Strandlooper in der Noorderloog erreicht. Das Haus war ziemlich groß und in Grün-Weiß gehalten. Hanna-Eva stand in der Haustür und winkte.

Janneke ließ ihren Koffer fallen und eilte auf ihre Cousine zu. »Wie lange ist das her?«, stöhnte Hanna-Eva, nachdem sie sich aus der Umklammerung ihrer Cousine befreit hatte.

»Eine Ewigkeit«, lachte Janneke, holte ihren Koffer und folgte ihrer Cousine ins Haus. »Wir gehen erst mal in meine Wohnung. Das Haus kann ich dir auch später noch zeigen.«

Die separate Eigentümerwohnung lag im rückwärtigen Teil des Hauses. Dazu gehörte eine kleine Terrasse, die von den übrigen Hausbewohnern nicht einsehbar war.

»Die Wohnung ist nicht so groß, aber ich habe sogar ein Gästezimmer für dich.« Hanna-Eva öffnete eine der Türen und schob Janneke in ein kleines Zimmer, welches mit weißen Möbeln ausgestattet war. Vor den Fenstern hingen luftige Gardinen, auf dem Bett aus weißem Metall lagen mehrere bunte Kissen.

»Das ist aber niedlich«, freute sich Janneke. »Und sogar ein Schreibtisch. Was will der Mensch mehr?«

»Ich freue mich, dass es dir gefällt. Ich geh schon mal in die Küche und mache die Suppe warm. Das war das Einzige, was ich mit einer Hand kochen konnte.« Zur Bestätigung hob sie ihren rechten, eingegipsten Arm hoch. »Aber ich denke, erst mache ich mal Tee.«

»Das tut gut«, murmelte Janneke, als sie wenig später in Hanna-Evas Küche saß und den ersten Schluck Tee genoss. Ihre Schuhe hatte sie abgestreift und bewegte ihre Zehen hin und her.

Die Pensionswirtin sah auf Jannekes Füße und deutete dann auf die Schuhe mit den hohen Absätzen. »Hier wirst du dir eventuell den Hals damit brechen.« Sie konnte sich überhaupt nicht vorstellen, dass ein Mensch auf solchen Stelzen laufen konnte.

»Das habe ich mir auch gedacht«, musste Janneke zugeben. »Deshalb habe ich mir auch andere Schuhe eingepackt. Ich denke, mit denen kann ich Spiekeroog erkunden.«

»Ich bin total froh, dass du da bist.«

»Ich auch. Das muss mindestens fünfzehn Jahre her sein, seit ich das letzte Mal hier war. Deine Mutter lebte noch.«

Hanna-Eva nahm zwei Suppenteller aus dem Schrank, stellte sie auf den Tisch und füllte sie mit Kartoffelsuppe. »Ist das echt so lange schon her?«

»Ich glaube schon«, meinte Janneke und aß einen Löffel der Suppe. »Lecker. Ich habe es ja nicht so mit dem Kochen. Das macht immer Hinrich. Ich gehe gerne einkaufen.«

»Aber sicher nur Klamotten.« Hanna-Eva konnte sich noch daran erinnern, dass Janneke als junges Mädchen die Modezeitschriften verschlungen hatte.

»Ja, das stimmt. Und das wird noch mein Untergang sein.« Sie rieb Daumen und Zeigefinger aneinander. »Aber jetzt erzähle mal, wie es dir hier in all den Jahren ergangen ist.«

Hanna-Eva lehnte sich zurück. »Sehr gut. Es ist eben viel Arbeit hier im Haus. Es gibt acht Doppelzimmer und vier Einzelzimmer. Bärbel und ich bereiten das Frühstück, und sie kümmert sich anschließend um die Zimmer und macht die Wäsche, während ich im Büro bin. Am nächsten Tag beginnt das Ganze wieder von vorne.«

»Und im Winter?«

»Das ist dann die Zeit, in der die Renovierungsarbeiten ausgeführt werden«, gab Hanna-Eva Auskunft. »Erst letzten Winter haben wir alle Fußböden erneuern lassen.«

»Das kostet sicher auch immer eine Menge Geld.« Janneke schob ihren Teller ein wenig zur Seite.

»Du sagst es, aber zum Glück kommen jedes Jahr viele Gäste.«

»Deine Suppe war echt lecker. Aber jetzt erzähle mir doch mal, wie es dir persönlich geht.«

Hanna-Eva winkte ab. »Ich lebe alleine, wie du siehst. Kurzfristig war ich mal verlobt, aber Bodo hat sich als Windei entpuppt.« Sie machte eine wegwerfende Bewegung. »Aber jetzt reden wir von etwas anderem. Wie ist das denn mit deinen Kriminalromanen?«

»Das läuft gut, aber ich halte mich da persönlich in der Öffentlichkeit bedeckt, denn ich verwende ein Pseudonym.« Janneke grinste. »Näheres wird nicht verraten.«

»Aha, du mordest inkognito«, lachte die Insulanerin und stand auf, um die Teller in die Spüle zu stellen. »Hier ist auch etwas Kriminelles passiert. Du wirst es nicht glauben.«

Elektrisiert hob Janneke den Kopf. »Das interessiert mich.«

»Vor zwei Wochen hat Tomke ein Ehepaar hier auf der Insel tot in deren Haus aufgefunden. Sie wollte zu Livia Mansen, um ihr die Haare zu machen. Tomke ist nämlich Friseurin und macht auch Hausbesuche.«

»Und weshalb ist das kriminell? Sind die beiden ermordet worden?«

Hanna-Eva nickte. »Genau, und zwar mit einem Elektroschocker. Beide hatten eine Brandwunde am Hals.«

»Soviel ich weiß, sind die Dinger nicht tödlich. Eigentlich kann man sie zur Selbstverteidigung benutzen. Sie schalten sich spätestens nach zehn Sekunden ab, damit niemand ernsthaft verletzt wird.«

»Ja, das hat mir Fokke auch erzählt. Er meint, dass der Täter das Ding manipuliert haben muss, damit es sich nicht abschaltet, und dann ist es tödlich.«

»Ach so ... und wer ist Fokke?«

»Unser Inselpolizist. Tomke hat ihn sofort angerufen, als sie die Toten entdeckt hatte. Er hat dann die Polizei in Wittmund verständigt.« Hanna-Eva hatte sich wieder gesetzt. »Livia und Henning sind nicht viel rausgekommen. Sie konnte schlecht gehen und er war stark sehbehindert und hatte eine Operation am Bein. Deshalb hielten sie sich, bis auf wenige Ausnahmen, nur in ihrem Haus auf. Es ist schon tragisch.«

»Und wurde die Insel abgesperrt, damit der Täter nicht abhauen konnte? Hier ist ja alles ziemlich übersichtlich.« Janneke hatte im Internet gelesen, dass Spiekeroog ungefähr siebenhundert Einwohner hatte.

»Gestorben sind die beiden ja gegen Abend. Tomke hat die Tat aber erst am nächsten Nachmittag entdeckt. Die Polizei hat sofort alle Fähren, die Spiekeroog verlassen haben, kontrolliert, leider vergeblich. Man nimmt an, dass der Täter mit der ersten Fähre zum Festland gefahren ist, zu einem Zeitpunkt, als der Mord noch unentdeckt war.«

»Wahrscheinlich hat der Mörder das genauso geplant«, überlegte Janneke. »Hoffentlich haben die anderen Inselgäste nichts davon mitbekommen.«

Hanna-Eva schüttelte den Kopf. »Das ließ sich leider nicht vermeiden. Du weißt ja, wie das mit der Presse ist. Aber meinem Eindruck nach hat sich die Aufregung gelegt und andere Themen haben diese schreckliche Tat verdrängt.«

Janneke nahm sich vor, bei Gelegenheit, die sie natürlich aktiv herbeiführen würde, dem Inselpolizist auf den Zahn zu fühlen. Aber jetzt musste sie sich erst mal um ihre Cousine kümmern.

***

Hanna-Eva hatte Janneke noch am Abend mit dem Haus vertraut gemacht. Durch die vielen Umbauarbeiten der vergangenen Jahre gab es viele unübersichtliche Flure und Ecken. »Du wirst dich bald hier gut auskennen und nicht mehr verlaufen«, tröstete die Pensionswirtin.

Am nächsten Morgen bereiteten Hanna-Eva, Bärbel und Janneke in der Veranda das Frühstücksbüffet vor.

Bärbel war eine pummelige Neunzehnjährige, die geschickt und in enormer Geschwindigkeit Wurst und Käse auf dem langen Tisch abstellte.

»Da komme ich gar nicht mit«, wunderte sich Janneke und sah Bärbel an. »So schnell, wie das bei dir geht.«

Diese winkte ab. »Warte mal drei Tage, dann geht das bei dir auch ganz schön fix.«

Hanna-Eva war inzwischen in ihr Büro gegangen. Bärbel machte Janneke mit den Gästen vertraut, die nach und nach den Frühstücksraum betraten. »Im Moment kommen meist Gäste mit kleinen Kindern oder die keine Schulkinder mehr haben. In den Sommerferien wimmelt es nur so von den Lütten.«

»Und wie lange bleiben sie im Durchschnitt?«

»Ein paar Tage, manchmal auch länger. Früher war das wohl mal anders, da genossen die Badegäste die Insel manchmal wochenlang. Hin und wieder gibt es aber immer noch Gäste, die lange bleiben.« Sie ging am Büfett entlang und kontrollierte, ob etwas aufgefüllt werden musste. »Wenn die Gäste mit dem Frühstücken fertig sind, räumen wir das Geschirr ab. Meistens sind wir gegen elf Uhr damit durch.«

Janneke sah sich in dem großzügigen Raum um. Die Fenster der Veranda ließen viel Licht herein, auch an diesem bewölkten Tag. An den Wänden hingen Bilder mit maritimen Motiven, auf den Fensterbänken lagen Muscheln und Kieselsteine. An einem Fenstertisch saß ein einzelner älterer Gast mit einem Vollbart und las seine Morgenzeitung.

»Wer ist denn der allein reisende Herr da am Fenster?«

Bärbel warf einen kurzen Blick in den Frühstücksraum. »Ach, das ist Herr Gebert aus Hannover. Eine Ausnahme, was die Aufenthaltslänge angeht«, lachte sie. »Er kommt seit zwei Jahren häufig auf die Insel und bleibt jedes Mal ein paar Wochen.«

»Und was macht er die ganze Zeit?«

»Er wandert viel und fotografiert. Wir sehen ihn nur zum Frühstück, anschließend ist er den ganzen Tag unterwegs. Ich glaube, er redet den ganzen Tag mit niemandem.«

Janneke musste an ihren Onkel Hinrich denken, der es ebenfalls keine fünf Minuten ohne irgendeine Beschäftigung aushielt.

Die Gäste genossen augenscheinlich die Bedächtigkeit der Ferien und ließen sich mit dem Frühstück Zeit. Bärbel machte Janneke inzwischen mit der Küche vertraut und auf die Besonderheiten aufmerksam. »Die Milch erhitze ich immer nur in kleineren Mengen, damit sie nicht zu schnell kalt wird. Wenn viele Kinder da sind, mache ich auch eine Kanne Kakao.« Sie zeigte auf die Dose mit dem holländischen Kakao auf dem Regal. »Alles andere wirst du mitbekommen.

Meistens bin ich ja da, bis auf ein paar wenige freie Tage. Und Hanna-Eva ist ja auch noch da.«

Die beiden Frauen räumten das Geschirr weg und Bärbel verschwand in die oberen Stockwerke, um die Gästezimmer in Ordnung zu bringen.

»So, das hätten wir«, verkündete Janneke, als sie Hanna-Evas Büro betrat. »Wenn es dir recht ist, mache ich mal eine kleine Runde durchs Dorf, damit ich mich ein wenig orientieren kann.«

Hanna-Eva sah hoch und lächelte ihre Cousine an. »Ja, mach das. Ich denke, dass ich am Nachmittag mit dem ganzen Kram hier durch bin und Zeit für dich habe.«

»Ich komme gut alleine zurecht«, lachte Janneke. »Ich muss sowieso noch an meinem Manuskript arbeiten. Gestern Abend habe ich mir sogar überlegt, ob ich nicht einen Spiekeroog-Krimi schreiben sollte. Wo ich schon mal da bin.«

»Eine gute Idee.« Hanna-Eva stand auf und zog einen Ordner aus dem Regal. »Das ist bestimmt besser, als dem Fiskus die Unterlagen zurechtzulegen. Denn genau das muss ich jetzt machen.«

»Ich verschwinde schnell«, rief Janneke und verließ das Büro. Sie holte ihre Jacke aus ihrem Zimmer und verließ die Pension. Die Sonne war zum Vorschein gekommen und tauchte die Insel in eine wohltuende Wärme.

Janneke lief an der Inselbäckerei und dem Inselmuseum vorbei und folgte dem Schild, welches den Weg zum Kurpark anzeigte. Die Häuser mit ihren grünen Haustüren und Fensterläden strahlten eine enorme Ruhe und Geborgenheit aus. Janneke konnte sich nur mit großer Mühe vorstellen, dass in dieser Idylle ein Mord, beziehungsweise ein Doppelmord, geschehen war. Sie hoffte inständig, in nächster Zeit mehr über die näheren Umstände zu erfahren.

Im Kurpark saßen ein paar Badegäste auf den Bänken, einige lasen, andere beschäftigten sich mit Handarbeiten, betrachteten einfach die Blumenbeete oder unterhielten sich.

Schnellen Schrittes durchquerte Janneke den Park und kam zum Gartenweg. Sie überlegte kurz, ob sie bis zum Strand laufen sollte, beschloss dann aber, dieses auf einen anderen Zeitpunkt zu verschieben, wenn sie ihre Schuhe mit den ganz flachen Absätzen tragen würde. Trampeltier hin oder her, aber am Strand waren High Heels mehr als ungünstig.

Sie wandte sich nach rechts und schlenderte die Straße entlang. Viele Häuser waren am Giebel mit grünem Holz verschalt. Efeu rankte sich an den Wänden empor und vor den Häusern standen Friesenbänke. Janneke atmete tief ein und hob beide Arme nach oben. Ja, das war Sauerstoff pur und sie fühlte sich viel lebendiger als vor ein paar Tagen. Hoffentlich behielt ihre Nachbarin Elsie Klüverboom nicht recht. Denn die hatte behauptet, dass Seeluft den Appetit enorm anregen und man die doppelte Portion des sonst Üblichen essen würde.

An einem der Gartenzäune lehnte eine ältere Frau, das Gesicht auf ihren Unterarm gestützt. Mit der rechten Hand stützte sie sich auf einen Stock. Janneke sah sofort, dass die Frau sich nicht wohlfühlte, und überquerte eilig die Straße.

»Moin, ist Ihnen nicht gut?« Sie beugte sich zu der Frau herunter.

Diese hob den Kopf und legte die Hand auf ihre Stirn. »Ich weiß nicht, aber mir war auf einmal etwas schwummerig.«

Sofort hakte Janneke die Frau unter, die bedenklich schwankte. »Kann ich jemanden anrufen?«

»Nein, das ist nicht nötig. Ich wohne auch gleich da vorne.« Sie zeigte mit ihrem Stock auf das Haus gegenüber, welches fast vollständig mit Efeu bewachsen war.

»Dann ist es vielleicht besser, ich begleite Sie nach Hause?«

Die alte Dame lächelte. »Das wäre reizend, mein Kind.«

Behutsam geleitete Janneke die Frau zu ihrem Haus.

»Sind Sie doch so nett und begleiten mich hinein«, bat die Insulanerin. »Es ist besser, ich nehme erst mal eine Tablette. Dann wird es mir sicherlich besser gehen.«

»Aber selbstverständlich«, nickte Janneke und folgte der Bewohnerin des Inselhauses, die jetzt wieder festen Tritt hatte, in die Küche.

»Bitte setzen Sie sich doch, meine Liebe.« Sie zeigte auf das Ostfriesensofa, welches unter der Fensterbank stand. »Wo sind denn die Tabletten?« Sie öffnete eine Tür des blauen Küchenschranks und nahm eine Keramikschale heraus. »Ach, hier sind sie ja«, murmelte sie und sah sich zu Janneke um. »Das kommt davon, wenn man in Gedanken ist.« Sie lief zur Anrichte, goss sich etwas Wasser aus einer Karaffe in ein Glas und nahm die Medizin ein. Anschließend setzte sie sich zu Janneke an den Küchentisch und holte tief Luft. »Gleich ist es besser.«

»Ich bleibe noch so lange, bis Sie wieder in Ordnung sind«, versprach die junge Ostfriesin und lehnte sich zurück.

Diese Küche mit den blau gestrichenen Deckenbalken, den gemusterten Bodenfliesen und den alten massiven Holztüren war ein Ort, an dem man sich zu Hause fühlen konnte.

»Wie heißen Sie denn, mein Kind?«, unterbrach die Frau Jannekes Gedanken.

»Ich heiße Janneke Hoogestraat. Ich besuche meine Cousine Hanna-Eva Bleeker. Sie hat sich den Arm gebrochen. Deshalb gehe ich ihr in der Pension ein wenig zur Hand.«

»Ach, Hanna-Eva«, schmunzelte die Frau. »Ich bin mit ihrer Mutter zur Schule gegangen.« Sie schloss kurz die Augen. »Sie ist auch schon tot. Ich bin Greta Visser und ich würde mich freuen, wenn Sie mich mal wieder besuchen würden.«

»Das mache ich sehr gerne«, beteuerte Janneke. »Leben Sie alleine hier in dem Haus?«

Greta Visser nickte. »Ja, seit mein Mann verstorben ist. Aber Fokke geht mir zur Hand, wenn etwas am Haus zu tun ist.«

»Ist das Ihr Sohn?«

»Mein Neffe. Mein Mann und ich hatten keine Kinder, leider. Fokke ist hier der Inselpolizist.« Frau Visser hustete. »Wissen Sie was, wenn es Ihre Zeit erlaubt, würde ich Sie bitten, uns einen Tee zuzubereiten. Ich glaube, der hilft mir wieder auf die Beine.«

»Aber sehr gerne.« Janneke sprang auf und bereitete nach einer kurzen Einführung der Hausfrau in die Gegebenheiten der Küche eine Kanne Tee zu.

»Die Tassen sind im Schrank, die Kluntje stehen schon auf dem Tisch.« Entspannt sah Frau Visser der jungen Frau zu, die geschickt hantierte.

Zehn Minuten später saßen beide Frauen am Tisch und genossen den Tee.

»Ich freue mich über Ihre Gesellschaft«, beteuerte Greta. »Ich komme nicht mehr so viel herum. Hin und wieder schneit hier schon mal einer der Nachbarn herein, und wie gesagt, Fokke kümmert sich um mich. Aber seitdem Livia nicht mehr da ist, fühle ich mich ein wenig verlassen.«

»Livia war Ihre Freundin?« Hatte nicht Hanna-Eva den Namen Livia erwähnt, als sie ihr von dem Doppelmord an dem Ehepaar erzählt hatte?

»Ja, Livia war meine beste Freundin seit Kindertagen«, erzählte Frau Visser. »Ich weiß nicht, ob Sie von dem schrecklichen Ereignis hier auf der Insel gehört haben? Meine Freundin und ihr Mann wurden getötet.«

»Ja, meine Cousine hat mir davon erzählt.«

»Das Schreckliche dabei ist, niemand hat auch nur die leiseste Ahnung, warum die beiden alten Menschen ihr Leben lassen mussten, obwohl sie niemandem etwas getan haben.«

»Hat denn die Polizei nichts herausbekommen? Ihr Neffe, konnte er Ihnen auch nichts sagen?«

Bedauernd schüttelte Greta Visser den Kopf. »Leider nein. Wissen Sie, seitdem Livia und Henning tot sind, träume ich jede Nacht von meiner Freundin. In meinen Träumen sind wir jung. Wir hatten eine schöne Jugendzeit hier auf der Insel und manchmal auch nur Flausen im Kopf. Später, als wir aus der Schule waren, haben Livia und ich im Inselhotel gearbeitet.« Sie drehte sich ein wenig zur Seite und zeigte auf ein Bild, welches neben dem Herd hing. »Das sind Livia und ich. Wie jung wir da waren.« Sie trank einen Schluck Tee. »Die Feriensaison war viel kürzer als heute und die Inselwinter umso länger. Kaum jemand hatte einen Fernseher und den ganzen neumodischen Kram gab es nicht. Damals fuhr noch unsere Inselbahn vom alten Hafen bis ins Dorf. An Wochenenden sind wir tanzen gegangen und haben Zukunftspläne geschmiedet.« Sie lachte kurz auf. »Fünfzig Jahre ist das jetzt schon her. Wer hätte damals geahnt, dass Livia eines Tages so gewaltsam sterben müsste?«

Janneke hob bedauernd die Schultern. »Das tut mir wirklich leid, aber vielleicht können die schönen Erinnerungen Sie etwas trösten.«

Frau Visser nahm Jannekes Hand. »Sie haben recht, mein Kind. Ich denke an die wunderbaren Jugendjahre.« Sie schmunzelte. »Wissen Sie, damals gab es noch keine Handys, keine Computer. Wir haben unserer Verwandtschaft auf dem Festland Briefe geschrieben und unsere geheimsten Gedanken unseren Tagebüchern anvertraut. Die Badegäste haben ihren Urlaub gebucht, indem sie eine Postkarte zur Insel geschickt haben.« Sie schloss kurz die Augen und lächelte. »An den Wochenenden sind wir mit Henning, Klaas und Jens zum Tanzen gegangen. Das war eine ganz andere Welt, viel ruhiger und besonnener.«

Ihre alten Hände lagen entspannt auf der Lehne ihres Sessels.

## 3. Kapitel – 1965

Wie an jedem Wochenende spielte die Musikbox einen der neuesten Hits, die Rauchschwaden des Zigarettenrauchs tanzten vor den blinkenden Lichtern an der Decke und die Luft des vollen Partykellers des Inselhotels war stickig. Livia und Greta standen in einer Ecke und hielten sich jeweils an ihrem Glas mit Cola fest.

»Und was sagst du zu meinem neuen Kleid?« Greta drehte sich einmal um sich selbst und hob den bunten Rock ein wenig an.

Livia nickte anerkennend. »Sieht echt schick aus.« Sorgfältig zog Greta den kleinen Bubikragen glatt. »Habe ich mit bestellt. Meine Mutter hat einen Katalog von einem Versandhaus in Hamburg.«

»Jens sagt, ich sehe in bunten Kleidern wie ein Bauernmädchen aus.« Livia strich sich behutsam eine Haarsträhne aus dem Gesicht, um ihre hochtoupierte Frisur nicht zu zerstören. »Er hat wirklich einen altmodischen Geschmack.«

Greta stieß einen verächtlichen Laut aus. »Warum legst du dir auch so einen Schnösel vom Festland als Freund zu? So ein Typ wäre mir zu anstrengend.«

Heftig stellte Livia ihr Glas ab. »Erstens ist er kein Schnösel und zweitens ist Jens fleißig. Während seiner Semesterferien arbeitet er manchmal hier auf der Insel. Und in Hannover verdient er auch noch neben seinem Maschinenbaustudium etwas dazu. Er wohnt zur Untermiete und ist sehr sparsam. Das kommt mir zugute, wenn er hier auf der Insel den Spendablen spielt. Außerdem, meine liebe Freundin, sind wir alle schon volljährig und keine kleinen Kinder mehr und deshalb such ich mir meinen Freund alleine aus.«

Greta hatte die Ausführungen ihrer Freundin mit offenem Mund verfolgt. Livia war auch in der Zeit, in der Jens auf dem Festland war, dem männlichen Geschlecht nicht abgeneigt. Sie selbst hatte mal einen kleinen Flirt mit einem Gast aus Bremen gehabt, aber nichts Ernstes. Ein kleiner Kuss und schon war es vorbei. »Aber Jens ist doch so eifersüchtig.« Greta beugte sich nach vorne und hielt ihren Mund ganz nah an Livias Ohr. »Und das nicht ohne Grund. Stimmt's?«

Diese fing an zu lachen und ihr rot geschminkter Mund öffnete sich so weit, dass ihre weißen Zähne sichtbar wurden. »Lass mal, ich habe alles im Griff.«

»Wenn du meinst.« Greta drehte sich um und winkte Henning zu, der mit seinem Vater, dem Inhaber des hiesigen Delikatessenladens, am Tresen stand. Der junge Mann war ein guter Freund der beiden jungen Frauen und begleitete sie zu den wöchentlichen Tanzveranstaltungen. Das änderte sich nur, wenn Jens da war, der Livia keine Sekunde aus den Augen ließ und argwöhnisch jede Geste Hennings beobachtete.

»So, meine Süßen, ich glaube, ich bringe euch nach Hause. Ich muss morgen früh raus.« Henning stand vor Livia und Greta und hatte beide Hände in seine Hüften gestemmt. »Mein Vater hat mir eben gebeichtet, dass ich die neue Ware bis übermorgen mit Preisschildern versehen haben muss.«

»Es wird Zeit, dass du der Chef wirst«, lachte Greta und hakte sich bei Henning unter.

»Eigentlich habe ich gar keine Lust, jetzt schon nach Hause zu gehen«, maulte Livia.

»Wann kommt Jens denn?« Henning konnte diesen arroganten Studenten nicht leiden. »Du weißt doch, wie eifersüchtig der ist. Und wenn er erfährt, dass du dich hier alleine vergnügt hast, dann ist er bestimmt sauer.«

Livia verzog das Gesicht. »Er kommt morgen. Und außerdem ist ja nichts dabei, wenn ich noch ein bisschen hierbleibe. Schließlich leben wir ja nicht mehr im Mittelalter.«

»Da muss ich Livia ausnahmsweise recht geben«, pflichtete Greta ihrer Freundin bei und sah Henning an. »Jens kann ja nicht verlangen, dass seine Freundin während seiner Abwesenheit nur zu Hause rumsitzt.«

Livia schüttelte ihre Haare und stampfte leicht mit dem Fuß auf. »Genauso ist es. Deshalb bleibe ich auch noch und amüsiere mich. Geht ihr zwei Trantüten nur schon nach Hause. Ich mache noch einen drauf.« Ohne eine Antwort abzuwarten, rauschte sie davon.

Henning nahm Greta am Arm und zog sie zum Ausgang. »Komm, ich bringe dich nach Hause. Die Nacht ist sowieso schon fast vorbei.«

Henning begleitete Greta bis zur elterlichen Haustür. Er strich ihr leicht über den Arm. »Schlaf gut.«

»Du auch. Und danke fürs Nach-Hause-Bringen«, rief ihm Greta noch nach, ehe sie ins Haus ging. Ihre Eltern schliefen längst. Sie wussten, dass ihre Tochter verantwortungsvoll auf sich selbst achtete.

Greta schlief am nächsten Morgen lange, badete ausgiebig und hörte sich die neuste Langspielplatte der Beatles an. Sie räumte ihr Zimmer auf und schrieb ein paar Briefe. Heute würde Livias Freund kommen, überlegte sie. Wahrscheinlich würde es wieder Ärger geben, weil Jens jedes Mal nach seiner Ankunft einen Rechenschaftsbericht über die vergangenen Wochen von Livia verlangte. Greta wunderte sich immer noch, wieso die sonst so taffe Livia das alles über sich ergehen ließ. Für Henning waren die Besuche von Jens Friedrichs sicher eine Qual, denn Greta wusste genau, dass Henning sehr verliebt in Livia war. Sie war aber der Ansicht, dass der grundsolide Henning und die etwas flatterhafte Livia überhaupt nicht zueinander passten.

Zum Abendessen hatte ihre Mutter Krabbensuppe gemacht. Zum Nachtisch gab es Mandelpudding. Sie hatte es sich gerade mit ihrer Mutter vor dem Fernseher gemütlich gemacht, als es klingelte.

»Wer kann das sein?« Frau de Vries schüttelte missbilligend den Kopf.

»Ich geh schon.« Greta sprang auf und schloss die Wohnzimmertür hinter sich.

Sie sah eine verheulte Livia, als sie die Haustür geöffnet hatte. »Was ist denn mit dir los?«

Livia hob den Kopf hoch. »Dieser Idiot.«

Greta wusste sofort, wen sie meinte. »Komm, wir gehen in mein Zimmer.«

Livia folgte ihr und ließ sich oben auf Gretas Bett fallen.

»Erzähl mal, was hat er wieder gemacht?« Greta stand mit verschränkten Armen vor ihrer Freundin.

Livia setzte sich hin und knöpfte ihre Bluse auf. Langsam zog sie das Kleidungsstück über ihre Schulter. Greta konnte die blutunterlaufenen Flecken auf dem Oberarm ihrer Freundin sehen.

## 4. Kapitel

»Ich habe gestern auf dich gewartet.« Hanna-Eva saß mit einem gefüllten Kaffeebecher an ihrem Küchentisch.

Janneke gähnte und zog den Bund ihrer Jogginghose hoch. »Tut mir echt leid. Ich habe mich verquatscht. Als ich auf dem Heimweg war, traf ich eine ältere Dame, die ich nach Hause begleitet habe. Ihr ging es nicht gut. Ich glaube, sie war froh, dass sie jemanden zum Zuhören hatte.«

Hanna-Eva gähnte ebenfalls und runzelte nach einem Blick auf die Uhr die Stirn. »Viertel nach sechs. Ich wollte, ich wäre auch mal Gast irgendwo und könnte mich an den gedeckten Frühstückstisch setzen. Wie heißt sie denn?«

Janneke sah auf. »Wer?«

»Na, die Frau, mit der du dich unterhalten hast?«

»Ach so, sie heißt Greta Visser. Eine sehr nette Frau.«

»Ach, du meinst Tante Greta?« Hanna-Eva trank den letzten Schluck ihres Kaffees. »Ihr Mann ist vor ein paar Jahren verstorben. Früher hatte sie auch Hausgäste. Fokke kümmert sich um sie.«

»Das hat sie mir erzählt. Das ist ihr Neffe, der hier der Chef der Polizeistation ist.«

»Chef ist gut, die sind nur zu zweit. Fokke und Habbo.« Hanna-Eva hielt Janneke die Kaffeekanne hin. »Du auch noch?«

Janneke schüttelte den Kopf. »Ich muss mich langsam anziehen, Bärbel wartet bestimmt schon auf mich.«

»Und was hat Greta noch erzählt?«

Einen Moment überlegte Janneke. »Eigentlich hat sie mir von ihrer Jugend erzählt. Sie war mit der Frau eng befreundet, die getötet wurde.«

»Ja, Livia und Greta waren die besten Freundinnen. Der Tod von Livia und Henning hat sie sehr mitgenommen.«

»Stimmt, den Namen Henning hatte sie auch erwähnt.« Janneke sprang auf. »Jetzt muss ich aber ... Unsere Quatschrunde holen wir heute Abend nach.«

»Was hast du denn heute noch vor?«, rief Hanna-Eva ihrer Cousine nach.

Janneke hörte das nicht mehr. Sie duschte, zog sich an und war eine halbe Stunde später im Frühstücksraum.

Bärbel hatte fast das ganze Frühstücksbüfett schon bestückt und war gerade dabei, eine Kanne Milch zu erhitzen. »Und, gut geschlafen?«

»Wie ein Murmeltier. Die gute Seeluft hat schon dafür gesorgt.«

»Wenn du willst, kannst du den Käse aufschneiden. Im Moment geht Schinken nicht so besonders.« Bärbel schob ihr ein Holzbrett hin.

»Wahrscheinlich sind ein paar Vegetarier unter den Gästen«, meinte Janneke und fing an, den Käse in dünne Scheiben zu schneiden.

»Kannst du dem Professor seinen Tee bringen?«, bat Bärbel und zeigte auf eine kleine Teekanne.

»Professor?«

Bärbel lachte. »Der Herr hinten am Fenster, der mit dem Vollbart.«

»Der ist Professor?«

»Ja, so hat ihn Hanna-Eva mal genannt. Er sieht aus wie ein Dozent für irgendwas. Keine Ahnung. Wir nennen ihn manchmal Professor.«

Mit beiden Händen nahm Janneke die Teekanne hoch. »Ist ja auch egal. Ich bringe ihm mal den Tee.«

Nach und nach trudelten die Gäste ein und die beiden Frauen hatten alle Hände voll zu tun. Eine Dame aus Köln bat um eine Kanne Pfefferminztee, ihre Tochter wollte lieber Hagebuttentee.

»Das war wieder ausgezeichnet.« Franziska Feldkamp kam auf Bärbel zu und umarmte sie. »Wenn ich Sie nicht hätte.«

»Dann würde es jemand anders machen«, lachte die junge Angestellte. Sie bemerkte Jannekes fragenden Blick.

»Das ist Frau Feldkamp. Sie kommt von Borkum«, sagte sie zu Janneke gewandt. »Und das ist die Cousine von Hanna-Eva.«

»Von der Insel?«, fragte Janneke ungläubig nach. »Sie kommen von der Insel und machen auf einer Insel Urlaub?«

»Da staunen Sie«, amüsierte sich Frau Feldkamp. »Ich war früher mit meinem Mann oft auf Spiekeroog. Jetzt arbeite ich in einer Kurklinik im Büro. Ich hatte schon mal versucht, in den Bergen Ferien zu machen.« Sie schüttelte den Kopf. »Unmöglich. Ich kann nur auf einer Insel Ferien machen.«

Janneke nickte. »Das kann ich gut verstehen. Die Berge versperren die Sicht.«

»Genauso ist es«, lachte Frau Feldkamp und bedankte sich noch einmal für das vorzügliche Frühstück.

Am späteren Vormittag waren alle Arbeiten im Frühstücksraum erledigt. Janneke wunderte sich, wie schnell alles gegangen war. »Sag mal, Bärbel, wo finde ich denn die Polizeistation?«

»Ist was passiert?«

»Nein, es ist nichts passiert. Ich brauch nur ein paar Informationen für ein Projekt, an dem ich arbeite.«

»Ach so, ich dachte schon.« Bärbel wirkte erleichtert. »Also, am besten gehst du von hier aus gleich links die erste Straße rein und dann bis zum evangelischen Gemeindehaus. Und dann siehst du schon den Tranpad. Da ist die Polizeistation.«

Janneke bedankte sich, zog ihre etwas bequemeren Schuhe an und machte sich auf den Weg. Die Polizeistation in einem kleinen Backsteingebäude fand sie auf Anhieb. Wäre sie dort vorbeispaziert, wäre sie nie auf die Idee gekommen, dass sich in diesem Wohnhaus ein Büro befand. Da die Tür nicht verschlossen war, trat sie einfach ein. Ein uniformierter Mann etwa in ihrem Alter saß vor einem Computer und bearbeitete die Tastatur.

»Moin, entschuldigen Sie die Störung ...«, begann Janneke und blieb abwartend stehen.

Der Polizist sprang auf und kam auf sie zu. »Moin, kann ich Ihnen helfen?«

»Sind Sie der Neffe von Frau Visser?«, fiel Janneke gleich mit der Tür ins Haus.

»Ja, ich bin Fokke Visser? Wieso?«

»Gestern habe ich mich lange mit Ihrer Tante unterhalten. Sie hat mir von ihrer Freundin erzählt, die leider so tragisch zusammen mit ihrem Mann ums Leben gekommen ist.«

»Wer sind Sie denn?« Er sah sie misstrauisch an, denn sein Gegenüber hatte er noch nie gesehen.

»Entschuldigung, mein Name ist Janneke Hoogestraat, ich wohne bei meiner Cousine Hanna-Eva. Hanna-Eva Bleeker aus der Noorderloog.«

»Klar, Hanna-Eva kenne ich.« Sein Gesicht hatte sich etwas erhellt. »Und wie kann ich Ihnen weiterhelfen?«

Janneke beschloss, es einmal mit der Wahrheit zu versuchen. »Ich bin Schriftstellerin. Aus diesem Grund interessieren mich die näheren Umstände dieser Tat. Rein beruflich natürlich.«

Fokke zuckte mit den Schultern. »Normalerweise bin ich gerne den Menschen behilflich, auch Schriftstellerinnen«, grinste er dann. »Aber im Ernst, ich darf Ihnen keine Interna der Ermittlungen weitergeben. Außerdem sind die Kollegen aus Wittmund von der Soko Insel die ersten Ansprechpartner, wenn es um Auskünfte geht. Ich bin offiziell der Kollege vor Ort und gebe Informationen zu dem Mordfall, von denen ich hier Kenntnis erhalte, an die Kollegen in Wittmund weiter.«

»Ach so. Und was ist die Soko Insel?«

»Die Sonderkommission Insel.«

»Das ist ja interessant«, sagte Janneke. »Aber Sie könnten mir doch die Dinge erzählen, die in der Presse standen und die sowieso schon alle wissen.«

»Dann könnten Sie ja auch die Zeitung lesen, oder?«, meinte er.

»Eins zu null für Sie.« Janneke wollte aber nicht so schnell aufgeben. »Aber wenn Sie mir das alles noch mal schildern könnten, so im Zusammenhang?«

Er fuhr sich durch die Haare. »Gut, meinetwegen. Ich wollte sowieso eine rauchen. Dann kommen Sie eben mit. Wir gehen nach hinten raus.«

Innerlich rieb sich Janneke die Hände und hoffte, dass dem netten Inselpolizisten mehr an Information herausrutschte, als er beabsichtigte.

Auf der Rückseite des Hauses stand eine blaue Friesenbank auf einer kleinen Terrasse, die mit ein paar Büschen umgeben war. »Bitte setzen Sie sich.«

»Ihre Tante hat richtiggehend von Ihnen geschwärmt«, versuchte Janneke, ein wenig das Eis zu brechen, und setzte sich hin. »Sie sagt, sie ist froh, dass Sie bei ihr nach dem Rechten sehen.«

»Das ist doch selbstverständlich«, antwortete er und zündete sich eine Zigarette an. »Seit mein Onkel nicht mehr lebt, fühle ich mich verantwortlich. Und gerade jetzt, wo ihre beste Freundin gestorben ist.«

»Sie meinen Livia?«

Er nickte. »Und ihr Mann Henning.«

»Was ist denn genau passiert? Meine Cousine hat mir erzählt, das Ehepaar wäre mit einem Elektroschocker getötet worden?«

Mit einer heftigen Bewegung schnippte Fokke die Asche in ein Blumenbeet. »Laut Obduktion war der Stromschlag die Todesursache. Man geht davon aus, dass der Elektroschocker manipuliert wurde, damit die Stromzufuhr heftiger ist. Bei älteren Menschen ist das besonders gefährlich, weil die Herztätigkeit oft eingeschränkt ist.«

»Ist denn in das Haus des Ehepaares eingebrochen worden?«

»Nein, einer von beiden muss dem Mörder die Tür geöffnet haben.« Er warf die angerauchte Zigarette in eine alte Blechbüchse, die neben der Bank stand. »Es kann kein Unbekannter gewesen sein, sondern jemand, den sie gut kannten. Auf dem Tisch standen drei Teetassen. Zwei enthielten nur noch Teereste, eine jedoch stand unberührt und bis oben hin gefüllt mit Ostfriesentee und Sahne auf dem Tisch.«

»Sie haben den Menschen, der sie ermordet hat, vorher zum Tee eingeladen? Dann waren doch sicher Fingerabdrücke des unbekannten Besuchers auf den Tassen?«

»Bedauerlicherweise nein. Es waren nur Livias Fingerabdrücke darauf. Wir konnten alle Abdrücke im Haus den jeweiligen Personen hier auf Spiekeroog zuordnen. Bis auf einen Abdruck.«

»Ein Abdruck wurde sichergestellt?«

»Ja, auf der Klingel fand man einen Fingerabdruck, den man niemandem zuordnen konnte.«

»Das ist ja interessant«, murmelte Janneke. »Können Sie mir noch etwas erzählen?«

Fokke nickte. »Der Tod des Ehepaars Mansen trat am Donnerstagabend gegen achtzehn Uhr ein. Am Freitagnachmittag wurden die beiden erst gefunden. Wir gehen erst mal davon aus, dass der Täter an diesem Morgen die erste Fähre genommen hat und unerkannt zum Festland gefahren ist.«

»Es könnte ja auch jemand von den Einheimischen gewesen sein«, überlegte Janneke. »Hat die Polizei das auch in Erwägung gezogen?«

Fokke nickte. »Selbstverständlich, obwohl sich das niemand so recht vorstellen will. Zunächst haben wir unser Augenmerk nach Auffindung der Leichen auf die Personen gerichtet, die in den nächsten Tagen mit der Fähre nach Neuharlingersiel wollten. Wir haben von jedem Fahrgast die Adresse erfasst zur Identitätsfeststellung. Die Kollegen auf dem Festland haben dann später einige Personen befragt, ob sie etwas beobachtet haben oder ihnen etwas Ungewöhnliches aufgefallen ist.«

»Und?«

Er hob die Schultern. »Nichts gefunden. Der Mörder war sicher schon über alle Berge.«

Janneke musste wegen des Ausdrucks *über alle Berge* schmunzeln, denn einen Berg suchte man in Ostfriesland vergebens.

***

In den nächsten Tagen arbeitete sich Janneke richtig ein. Sie hatte zunehmend den Überblick gewonnen und konnte, als Bärbel wegen einer akuten Bronchitis zu Hause bleiben musste, das ganze Prozedere Frühstücksbuffet alleine bewältigen.

Die Gäste waren gut gelaunt und ausgeglichen. Frau Feldkamp lobte den Speisequark mit Pfirsichen, den Janneke zubereitet hatte. »Ich habe mir das zu Hause auch schon einmal gemacht«, erzählte die Borkumerin. »Aber das hat nicht so frisch geschmeckt wie Ihr Quark.«

Janneke fühlte sich gleich ein paar Zentimeter größer, denn Hausarbeit und Kochen gehörten nicht gerade zu ihren größten Begabungen.

»Wenn ich dich nicht hätte.« Hanna-Eva stand plötzlich neben Janneke, die erschrocken zusammenzuckte.

»Jetzt hast du mich aber erschreckt.« Vorsichtig füllte Janneke die Schüssel mit dem Müsli auf.

»Du musst nicht alles alleine machen«, meinte Hanna-Eva und hob ihre gesunde Hand hoch. »Mein linker Arm funktioniert noch ganz gut.«

»Nööö, ich kann das gut alleine«, antwortete Janneke mit einem gewissen Stolz. »Wenn man mal den Durchblick hat, dann flutscht es.« Sie bedauerte, dass Hinrich sie nicht sehen konnte. Denn dann würde er seine Nichte nicht mehr so schnell als unbegabte Hausfrau ansehen.

»Warte mal, wenn du schon hier bist. Der Orangensaft ist leer und in der Vorratskammer finde ich nichts.« Janneke zeigte auf die leere Glaskaraffe neben dem Käsetablett.

Hanna-Eva runzelte die Stirn. »Ich hatte doch welchen bestellt. Bärbel hat mir auch versichert, dass er geliefert wurde.« Schnellen Schrittes eilte die Pensionswirtin in die Speisekammer, die hinter der Küche lag. »Tatsächlich. Die Liter-Verpackungen sind nicht gekommen. Nur die kleinen Fläschchen.« Sie hob eine kleine Flasche mit Saft hoch. »Das ist gerade ausreichend für ein Glas.«

»Das ist doch auch gut.« Janneke bückte sich und nahm ein paar der Saftflaschen und stellte sie auf das Büffet.

»Ich bestelle gleich morgen die Großpackungen«, versprach Hanna-Eva und verzog sich wieder in ihr Büro.

Paul Benneke, ein Gast aus Berlin, bedankte sich für die vorzüglichen Rühreier. Herr Gebert, der stille Herr vom Fenstertisch, bat Janneke mit leiser Stimme um Hilfe bei der Öffnung der kleinen Saftflaschen. »Der Schraubverschluss ist sehr fest. Ich bekomme ihn nicht auf. Wenn man älter ist, fehlt doch hin und wieder die Kraft.«

»Ich mache das für Sie«, versprach Janneke und drehte mit aller Kraft an dem Schraubverschluss, bis dieser nachgab. »Sehen Sie, schon alles erledigt.« Mit einem Lächeln gab sie ihm die Flasche zurück.

»Ganz herzlichen Dank«, sagte er und legte seine rechte Hand auf seine Brust. Jetzt erst sah Janneke, dass der Mann an seiner rechten Hand keinen Daumen hatte.

***

»Ist dir das auch aufgefallen?«, fragte sie später Hanna-Eva. »Er hat an der rechten Hand nur vier Finger.«

»Irgendwann habe ich das durch Zufall gesehen. Er hatte wohl meinen Blick bemerkt und mir dann erzählt, dass er damit schon zur Welt gekommen ist. Deshalb muss er alles mit der linken Hand machen, weil er mit der anderen Hand nicht richtig zupacken kann.«

»Er kennt es eben nicht anders«, meinte Janneke. Sie nahm ihren kleinen Rucksack und wandte sich zum Gehen. »Jetzt werde ich erst einmal zum Strand gehen, mir den Wind um die Nase wehen lassen und die Sonne genießen.«

»Viel Spaß.« Hanna-Eva winkte ihr kurz zu und vertiefte sich wieder in ihre Arbeit am Computer.

Janneke verließ die Pension und lief über den Slurpad Richtung Strand. Einerseits wünschte sie sich, ihre Zeit auf Spiekeroog würde nie enden, und andererseits verspürte sie ein wenig Sehnsucht nach zu Hause. Sie nahm sich vor, am Abend Hinrich anzurufen.

Am Strand angekommen, zog sie ihre Schuhe aus und lief barfuß am Wassersaum entlang. Nach einer halben Stunde legte sie sich an den Dünenrand und nickte in der wärmenden Sonne doch tatsächlich ein. Erschrocken setzte sie sich auf, weil sich ein Schatten auf ihr Gesicht gelegt hatte. Sie legte die Hand über ihre Augen. Vor ihr stand Fokke Visser.

»Fokke, was machst du denn hier?«, wollte Janneke von dem Polizisten wissen und duzte ihn wie selbstverständlich.

»Dich beim Schlafen beobachten«, antwortete der junge Mann und übernahm die vertraute Anrede.

»Ich schlafe nie tagsüber.« Sie klopfte sich den Sand von der Jacke. »Das kommt sicher von der Rennerei in der Pension. So viel körperliche Ertüchtigung bin ich gar nicht gewöhnt.« Sie versuchte, ein Gähnen zu unterdrücken.

»Ich wollte gerade zu meiner Tante.« Er schob seine Sonnenbrille in seine Brusttasche. »Vielleicht hast du Lust mitzukommen? Sie würde sich bestimmt freuen.«

»Das passt ja gut.« Sie sprang auf. »Ich wollte sowieso noch mal bei ihr vorbeischauen. Vielleicht erzählt sie mir noch ein wenig über ihre Jugendjahre mit Livia und Henning.«

»Na, dann mal los.« Fokke hatte ein ganz schönes Tempo drauf und Janneke hatte Mühe, mit ihm Schritt zu halten.

»Mir hat sie noch nie von ihrer Jugend erzählt«, bekannte Fokke, während sie über den gepflasterten Weg Richtung Dorf liefen. »Ich weiß so gut wie nichts davon.«

»Ein wenig hat sie schon ausgeplaudert.« Janneke berichtete ihm in kurzen Worten von Gretas Erzählungen.

Frau Visser freute sich tatsächlich über den überraschenden Besuch. »Kommt rein, Kinder. Ich mache uns gleich einen Tee.«

Ihre Wangen glühten, als sie die Tassen auf den Tisch stellte und den Tee aufbrühte. »So, jetzt erzählt mir mal, was ihr so den ganzen Tag macht«, kicherte sie und sah Janneke und Fokke verschmitzt an.

Er winkte ab. »Was du auch immer denkst, Tante Greta. Janneke und ich haben uns erst vor ein paar Tagen kennengelernt. Dienstlich wohlgemerkt.«

»Frau Visser, mich würde interessieren, wie die Geschichte mit Ihnen und Livia weiterging«, wechselte Janneke das Thema. »Das hörte sich alles ziemlich spannend an.«

Frau Visser legte den Zeigefinger auf ihren Mund. »Ich muss mich erst entsinnen. Wissen Sie, mein Kind, das ist alles fast fünfzig Jahre her und in meinem Gedächtnis ganz unten vergraben.«

»Du könntest es aber versuchen.« Fokke hatte sich ein wenig nach vorne gebeugt und seine Hand auf den Arm seiner Tante gelegt. »Mich würde das nämlich auch sehr interessieren.«

Die alte Frau räusperte sich. »Ja, Livia und ich waren die besten Freundinnen und Henning uns beiden ein sehr guter Freund. Nur Jens, der brachte immer Unruhe in unser Leben, wenn er hier auf Spiekeroog war.«

## 5. Kapitel – 1967

Livia Bramstett saß an diesem heißen Julitag auf einer kleinen Mauer, schräg gegenüber dem Delikatessenladen von Hennings Vater, und leckte hingebungsvoll mit geschlossenen Augen an der Himbeereistüte.

»Warum hast du heute Morgen blaugemacht?« Greta de Vries hatte sich neben ihre Freundin hingesetzt. »Der Chefin ist das sauer aufgestoßen.«

»Wieso? Ich war heute Morgen wirklich krank«, behauptete Livia und zog an ihrem Kragen.

Greta kannte ihre Freundin und wusste, dass diese log. »Ist Jens daran schuld? Es wird Zeit, dass der wieder abhaut. Immer wenn der hier auf der Insel ist, wirst du zickig. Außerdem ist er ziemlich grob.« Stumm berührte sie Livias Oberarm.

Grinsend schüttelte Livia den Kopf. »Ich wäre doch blöd, wenn ich ihn wegschicken würde. Jens ist sehr spendabel.« Zum Beweis hielt sie ihrer Freundin die rechte Hand hin.

»Ein Ring? Er hat dir einen Ring geschenkt?« Jetzt war Greta sprachlos.

Affektiert bewegte Livia ihre Hand hin und her. »Das ist zwar nur ein Silberring, aber immerhin.«

»Und warum bist du nicht zur Arbeit gekommen?«, fragte Greta nach. »Das machst du doch sonst nicht, wenn Jens da ist.«

»Moin ihr Hübschen«, rief Henning, stellte den Bollerwagen ab und kam zu den beiden Freundinnen herüber. »Und am Samstag, seid ihr wieder dabei?«

»Meinst du die Tanzfete?« Greta wusste genau, was er meinte. »Mal sehen, vielleicht komme ich mit.«

»Und was ist mit dir?« Fragend sah er Livia an.

Die zuckte nur mit den Schultern. »Ich weiß noch nicht. Es kann sein ...«

»Das wäre ja ganz was Neues«, unterbrach sie Greta. »Du hast doch noch nie den Tanzabend ausfallen lassen.«

Trotzig zog Livia den Mund zu einer Schnute. »Ich habe keine Zeit.«

»Aber wieso denn nicht?« Greta stampfte mit dem Fuß auf. »Jens ist doch dann nicht mehr da und es hält dich nichts davon ab.«

Henning hatte stumm dem weiblichen Geplänkel zugehört und zog es vor, sich zu entfernen. »Wir sehen uns am Samstag oder auch nicht.« Da keine der beiden Freundinnen reagierte, nahm er seinen Bollerwagen und zischte ab.

»Du bist eine echte Ziege«, meckerte Greta und gab ihrer Freundin einen Stoß in die Rippen. »Ich will jetzt wissen, was los ist.«

Verschwörerisch legte Livia die Hand auf ihre Lippen. »Du darfst aber niemand davon etwas erzählen.«

Nun war Greta neugierig geworden. »Klar sage ich niemandem was. Jetzt raus mit der Sprache.«

»Ich habe gestern jemanden kennengelernt.«

»Wo denn? Du warst doch gar nicht auf dem Festland.«

»Ein Kurgast hier auf der Insel. Er hatte sich verlaufen und nach dem Weg gefragt.«

»Und Jens? Hat er nichts gemerkt?«

»Nein, er hat gestern noch lange gearbeitet und morgen ist er sowieso weg.«

Greta stöhnte laut auf. »Du machst dir das Leben aber auch schwer. Anstatt den einen in die Wüste zu schicken, lachst du dir noch einen Mann an. Wer ist das überhaupt?«

»Er ist aus München. Gernod Riesinger heißt er und ist schon fast vierzig. Leider reist er in zehn Tagen wieder ab.«

»Zum Glück, dann herrscht wieder Ruhe.« Greta strich ihrer Freundin durch die Haare. »Du bist aber auch ein Feger.« Sie lächelte dabei, aber gleichzeitig beschlich sie ein ungutes Gefühl.

***

Die nächsten zehn Tage sah Greta ihre Freundin so gut wie überhaupt nicht. Livia hatte um Urlaub gebeten, der ihr nach erbitterten Streitigkeiten mit der Chefin genehmigt wurde. Wobei die Hotelleitung nur deshalb von einer Kündigung absah, weil Livia eine sonst sehr zuverlässige Mitarbeiterin war.

»Na, ist er weg?«, fragte Greta, als Livia wieder zur Arbeit erschien.

»Gestern Nachmittag«, stammelte Livia und rieb ihre verheulten Augen.

»Dich hat es aber ordentlich erwischt.« Greta konnte sehen, wie ihre Freundin litt.

»Das kannst du laut sagen. Jetzt merke ich erst, was für ein Schwein Jens ist.« Livia ballte die Faust. »Gernod ist so verständnisvoll, während Jens alles bestimmen will.«

»Irgendwie musst du das regeln«, empfahl Greta. Livia nickte nur stumm.

Den Rest des Vormittags gingen die Freundinnen ihrer Arbeit nach.

»Du musst mir jetzt aber alles erzählen«, forderte Greta ihre Freundin auf, als sie am Nachmittag das Inselhotel verließen.

»Gut, wenn du willst. Wir gehen in den Kurpark, da sehen uns die Kollegen nicht.«

Im Kurpark wimmelte es nur so von Badegästen. Sie fanden noch eine freie Bank unter einem Kastanienbaum.

»Also?« Greta platzte fast vor Neugier.

Livias Gesicht wurde ganz weich. »Gernod ist so ... was soll ich sagen, eine Seele von Mensch. Wir kennen uns noch nicht so lange, aber ich bin mir sicher, dass er der Mann meines Lebens ist.«

Greta empfand diese Aussage als ein wenig theatralisch, aber im Grunde genommen beneidete sie ihre Freundin. »Du bist ja fest entschlossen.«

Livia nickte. »Darauf habe ich lange gewartet. Nach Weihnachten ziehe ich zu ihm nach Bayern.«

»Im Ernst?« Das war eigentlich nicht das, was Greta hören wollte. Aber Livia änderte ihre Meinung oft so schnell, dass man gar nicht hinterherkam. Sie hoffte, dass es auch dieses Mal nur eine Laune ihrer Freundin war.

Livia erzählte ihr von dem Bauernhof, auf dem Gernod lebte, und schwärmte in den höchsten Tönen von ihrem zukünftigen Leben als Bäuerin. Greta hatte da so ihre Zweifel, beschloss einfach abzuwarten, wie sich die ganze Sache entwickelte.

In den nächsten Wochen wurde Livia immer blasser und fühlte sich oft krank. An manchen Vormittagen lief sie mehrmals zur Toilette, um sich zu übergeben. »Ich habe mir den Magen verdorben«, behauptete sie, als Greta sie darauf ansprach. Sie glaubte ihrer Freundin nicht und hatte da einen ganz anderen Verdacht. »Du solltest deinen Urin in die Apotheke bringen, damit sie einen Test machen.«

»Einen Test? Was für einen Test?«

Jetzt wurde Greta wütend. »Meinst du, ich bin blöd?« Sie tippte sich an die Stirn. »Wann hattest du deine letzte Periode?«

Alle Farbe wich aus Livias Gesicht. »Vor zwei Monaten. Meinst du etwa, dass ich ...?«

»Hast du da nicht selbst dran gedacht?«

»Doch, schon«, gab Livia zu, »aber ich wollte es nicht wahrhaben.«

»Und was wird Jens dazu sagen?«

»Der hat damit nichts zu tun. Er kann nicht der Vater sein«, entgegnete Livia trotzig.

»Dann ist der Mann aus Süddeutschland der Vater?«, fragte Greta nach.

Livia nickte stumm.

»Und jetzt?« Abwartend sah Greta ihre Freundin an.

Ratlos blickte Livia auf ihre Hände. »In die Apotheke hier auf der Insel kann ich nicht gehen, dann weiß es morgen jeder.«

»Stimmt, das geht nicht«, bestätigte Greta.

»Aber es kann ja auch sein, dass meine Hormone einfach nur durcheinander sind«, sagte Livia hoffnungsvoll und beschloss, erst einmal abzuwarten. Sie schrieb Jens einen Brief und teilte ihm mit, dass sie Schluss machte. Als Begründung gab sie unüberwindbare Differenzen zwischen ihnen an. Diese Formulierung hatte sie mal in einem amerikanischen Film gehört und empfand diese Angabe von Gründen durchaus als ausreichend.

Mit Gernod telefonierte sie von da an fast täglich. Pünktlich um achtzehn Uhr rief er sie aus einer Telefonzelle an, weil sein Apparat zu Hause in der Küche stand, und er wollte nicht, dass seine Eltern seine Gespräche belauschen konnten. Nach einer Woche teilte sie ihm bei einem dieser Telefonate mit, dass er Vater werden würde. Livia hatte in der Zwischenzeit eine alte Hebamme im Dorf aufgesucht, die ihr die Schwangerschaft bestätigt hatte. Noch am gleichen Abend fuhr der Bauer aus Bayern los, um am nächsten Morgen mit der Fähre zur Insel Spiekeroog überzusetzen.

»Ich wünsche dir viel Glück«, sagte Greta am Abend vorher und umarmte ihre Freundin.

»Wir wollen noch im Oktober heiraten«, freute sich die werdende Mutter. »Aber eine Hürde muss ich noch nehmen.«

»Was ist denn passiert?«

»Jens kommt übermorgen rüber. Er hat gesagt, ich bin ihm eine Aussprache schuldig.« Livias Stimme zitterte. »Mit dem Brief wollte er sich nicht zufriedengeben.«

»Vielleicht ist es besser so und du kannst dich dann auf deine Zukunft freuen«, erklärte Greta und hoffte, dass Jens ganz vernünftig mit Livia reden konnte.

Als Gernod Riesinger die Fähre direkt nach dem Anlegen auf Spiekeroog am nächsten Tag verließ, flog Livia ihm in die Arme und nahm ihn gleich mit zu ihren Eltern, um ihnen den zukünftigen Schwiegersohn vorzustellen.

Gernod verbrachte die Nacht in einer Pension und Livia wälzte sich die ganze Nacht in ihrem Bett herum und versuchte, sich auf das morgige Gespräch mit Jens vorzubereiten. Er hatte ihr mitgeteilt, dass er sie um Punkt zwölf vor dem Hotel Strandglück, in dem er übernachten wollte, erwartete.

Mit wackeligen Knien machte sich Livia am nächsten Vormittag auf den Weg. Sie hatte Gernod erzählt, sie hätte einer Freundin versprochen, vorbeizukommen, da diese in den nächsten Tagen ein Kind bekommen würde. Er wusste nichts von Jens und sie gedachte auch nicht, ihm irgendwelche Einzelheiten über diese lange und unglückselige Beziehung zu erzählen. Livia war der Ansicht, dass man die Sache nicht komplizieren sollte.

Jens Friedrichs erwartete sie mit versteinertem Gesicht vor dem Hotel und begann sofort, ihr Vorwürfe zu machen. »Ich habe euch gesehen«, giftete er. »Wie kannst du dich nur mit so einem halben Hemd abgeben?«

Irritiert sah Livia ihn an. »Wo hast du uns gesehen? Du bist doch erst heute Morgen angekommen.«

Jens grinste. »Ich bin schon seit vorgestern hier und habe genau gesehen, wie du dem Idioten am Hafen in die Arme gefallen bist.«

Livia fühlte sich total überrumpelt. »Das hat so keinen Zweck«, stammelte sie dann. »Wir wollten uns doch aussprechen, obwohl ich denke, dass ich in meinem Brief alles geschrieben habe. Weißt du was? Ich geh jetzt wieder nach Hause. Wenn du dich beruhigt hast, können wir uns gerne noch mal unterhalten. So geht das aber nicht.« Sie drehte sich um und lief davon.

Jens' Mund wurde zu einem Strich, seine Augen verengten sich zu schmalen Schlitzen. Er war es gar nicht gewohnt, dass man ihn einfach so stehen ließ. Voller Wut trat er gegen einen Papierkorb, der neben einer Bank stand.

Einen Tag später, am neunzehnten September, fand eine Hotelmitarbeiterin des Inselhotels am frühen Morgen Gernod Riesingers Leiche, die unter einem Fliederbusch im Kurpark versteckt lag. Jemand hatte ihm den Schädel eingeschlagen.

## 6. Kapitel

Mit einem tiefen Zug sog er den Rauch seiner Zigarette in seine Lungen und stieß in kurzen Abständen wieder aus. Mit ausgestreckten Beinen saß er hinter dem Haus der Polizeistation und versuchte, seine Gedanken zu ordnen. Die Geschichte, die Tante Greta erzählt hatte, beschäftigte ihn, seit er das Haus seiner Tante verlassen hatte.

Dass Livia Mansen ein Kind hatte, daran hatte Fokke bis zur Ermordung des Rentnerehepaares gar nicht mehr gedacht. Im Rahmen der Ermittlungen hatten die Kollegen aus Wittmund Kontakt mit der Tochter aufgenommen, um ihr mitzuteilen, was mit ihren Eltern geschehen war. Die Tatsache, dass Henning gar nicht ihr leiblicher Vater war, sondern ein Mann aus Bayern, musste er erst mal verdauen. Aaltje war fünfzehn Jahre älter als er und hatte die Insel früh verlassen, das wusste er noch. Ganz dunkel erinnerte er sich daran, dass sie Tante Greta einmal einen Korb mit Äpfeln vorbeigebracht und ihm, dem kleinen Jungen, einen Lutscher in die Hand gedrückt hatte.

Erst jetzt fiel ihm auf, dass er sie die ganzen Jahre nicht auf Spiekeroog gesehen hatte. Ganz vage erinnerte er sich, dass Tante Greta einmal erwähnt hatte, dass Livia Mansen sehr darunter litt, dass der Kontakt zu ihrer Tochter abgebrochen war.

Aaltjes Anruf gestern Nachmittag im Büro hatte ihn mehr als überrascht. Es hatte eine Weile gedauert, bis er die Anruferin einordnen konnte. »Ich hätte nicht gedacht, dass ich mich noch mal mit dir unterhalte.« Aaltje, Livias Tochter, hatte ihm mit wenigen Worten erklärt, wer sie war.

»Mein Beileid zum Tod deiner Eltern.« Fokke wusste nicht, was er sonst sagen könnte, was in dieser Situation angemessen war.

»Ja, es ist so, wie es ist«, hatte sie kühl geantwortet und ihn gebeten, ihr Elternhaus nach den abgeschlossenen

Ermittlungen zu verschließen. »Ich komme vorerst nicht nach Spiekeroog. Später werde ich sehen, was ich mit dem Haus mache.«

»Und was ist mit der Beerdigung? Sobald die gerichtsmedizinischen Untersuchungen abgeschlossen sind, können deine Eltern beerdigt werden.«

»Tut mir leid, Fokke, das müsst ihr ohne mich machen. Ich bin im Moment in Chile und kann hier nicht weg.«

»Wieso? Was machst du denn da?«

»Ein Forschungsauftrag. Es wird noch mindestens zwei Monate dauern.« Ihre Stimme hatte eisig geklungen. »Ich melde mich wieder.«

Ehe Fokke etwas antworten konnte, hatte sie aufgelegt.

Im Nachhinein fragte er sich, ob Aaltje bekannt war, dass Henning nicht ihr leiblicher Vater war. Ob sie deswegen den Kontakt zu ihren Eltern abgebrochen hatte?

Fragen über Fragen. Vielleicht konnte Tante Greta noch ein wenig Licht ins Dunkel bringen.

Mit einer heftigen Bewegung drückte er seine Zigarette aus und griff zum neusten *Inselboten.* Es würde ihm guttun, sich mit ganz alltäglichen Dingen zu beschäftigen. Anschließend würde er in den Keller gehen und nach der Akte suchen. Er brauchte mehr Informationen über den Tod von Gernod Riesinger vor fünfzig Jahren.

***

Mit Hingabe massierte Janneke ihren rechten Fuß und stöhnte laut auf, als sie die Blase berührte, die sie sich in den neuen, flachen Schuhen zugezogen hatte. Das kommt davon, wenn man von seinen Gewohnheiten abweicht und sich neu erfinden will, schimpfte sie wortlos und sah sehnsuchtsvoll auf ihre lindgrünen Schuhe mit den hohen Absätzen, die neben dem Kleiderschrank standen.

Bärbel war heute Morgen wieder zur Arbeit erschienen und hatte sich sehr lobend über Jannekes Frühstücksdienst geäußert.

Als Greta Visser von dem Leichenfund des Verlobten ihrer besten Freundin berichtet hatte, hatten sich ihre Augen mit Tränen gefüllt. Sie hatte kurz darauf Fokke und sie gebeten, doch ein andermal wiederzukommen. Es gäbe noch einiges zu erzählen, aber im Moment sehe sie sich nicht in der Lage dazu.

Janneke bearbeitete nun ihren anderen Fuß und stellte fest, dass sie sich da ebenfalls zwei Blasen eingehandelt hatte.

Wie schrecklich muss das damals gewesen sein, als unverheiratete Frau schwanger zu sein. Zum Glück ist das ja heute anders, überlegte Janneke. Fokke hatte ihr versprochen, im Archiv der Polizeistation nachzusehen, ob es noch eine Ermittlungsakte aus dem Jahr 1967 gab.

Schon seit drei Tagen hatte sie nicht an ihrem Manuskript gearbeitet und nahm sich vor, noch heute Abend wieder in ihre Arbeit einzusteigen, wenn nicht tausend andere Gedanken sie davon abhalten würden.

Wer hatte ein Motiv, das stark genug war, das Ehepaar Mansen zu töten? Ausgerechnet auf dieser idyllischen Insel, auf der kaum Radfahrer unterwegs waren und nur geräuschlose Elektroautos fuhren? Wo die Menschen die schönste Zeit des Jahres verbrachten, wo die Natur noch ursprünglich war? Wer war so eiskalt, die beiden alten Menschen zu töten?

Aber bevor sie sich mit Fokke traf, musste sie zuerst Hinrich anrufen. Sie ließ es lange klingeln und wollte gerade wieder auflegen, als sich jemand mit einem lang gezogenen »Jaaaaa?« meldete.

»Hinrich? Bist du das?«

»Nee, Jan hier«, teilte ihr der Nachbar Jan Klüverboom mit. »Hinrich sitzt auf dem Pott.«

»Er ist auf dem Klo?«

»Ja, er hat Dünnschiss«, sagte er und rief Hinrich zu, dass jemand für ihn am Telefon sei.

»Lass mal, Jan, ich kann später mit ihm telefonieren. Hat Hinrich was Falsches gegessen?«

»Bohneneintopf. Elsie hat lecker Bohneneintopf gemacht.« Jan rülpste und lachte dann. »Und dann hat er noch zwei Flaschen Bier obendrauf gekippt. Der Dösbaddel, ich habe ihm gesagt, er soll das lassen.«

»Ich rufe bald wieder an. Sag ihm gute Besserung«, sagte Janneke und legte auf. Sie konnte sich den Alltag der beiden Nachbarn gut vorstellen. Hinrich und Jan waren die besten Freunde, bis auf den monatlichen Krach der beiden. Die anschließende Versöhnung wurde stets mit einem Elführtje gefeiert. Die beiden suchten eben immer einen plausiblen Grund für einen ausgiebigen Frühschoppen.

Ein Blick auf die Uhr sagte ihr, dass es Zeit war, in die Polizeidienststelle zu gehen. Da sie sich auf gepflasterten Wegen bewegen würde, beschloss Janneke, ihre gewohnten Schuhe anzuziehen. Das Klack-Klack ihrer hohen Absätze auf dem Straßenpflaster konnte man weithin hören.

***

Janneke öffnete die Tür der Polizeidienststelle und ging hinein. »Moin Fokke. Hast du die Akte gefunden?«

Der junge Inselpolizist stand am Fenster und reagierte nicht. »Erde an Fokke!«

»Moin, ich habe dich gar nicht gehört.« Er drehte sich zu der Besucherin um. »Was hast du gerade gesagt?«

»Ob du die alte Akte im Keller gefunden hast?«

»Ja, habe ich. Komm, setz dich.« Er nahm hinter seinem Schreibtisch Platz und sah auf den Schirm seines Computers. »Aber zuerst das hier. Die Kollegen vom Festland haben mir den endgültigen Obduktionsbericht gemailt. Es steht nichts drin, was wir nicht schon wissen. Dass der Elektroschocker manipuliert war, wussten wir ja bereits.«

»Dann kann man annehmen, dass der Täter über ein Mindestmaß an technischem Verständnis verfügt«, vermutete

Janneke und versuchte, einen Blick auf den Bildschirm zu erhaschen.

»Beide waren auch nicht mehr gesund«, fuhr der junge Polizist fort. »Ein junger, gesunder Mensch hätte diese Art von Angriff vielleicht sogar überlebt.«

»Mit so einer Attacke haben die beiden ja auch nicht gerechnet. Sie hielten den Besucher für einen freundlichen Menschen und haben ihm sogar Tee kredenzt.«

»Den er noch nicht mal angerührt hat«, ergänzte Fokke. »Als einzige Spur gibt es einen Fingerabdruck auf der Klingel.«

»Auf einer Klingel sind doch oft sehr viele Abdrücke? Jeder, der ins Haus will, drückt auf den Knopf.«

»In diesem Fall ist es so, dass die Haustürklingel bei den Mansens aus einer kleinen, viereckigen Platte besteht, nicht größer als drei Zentimeter im Quadrat. Da ist ein Menge Platz für Fingerabdrücke, da gebe ich dir recht. Aber wir wissen, dass die Putzfrau am Vormittag des Tattages bei Livia und Henning war. Nach ihrer Aussage poliert sie regelmäßig auch den Klingelknopf. Deshalb haben wir nur die Fingerabdrücke von Tomke, vom Postboten und einem Unbekannten gefunden.«

»Vielleicht ein Fremder? Vielleicht Gäste, die nach dem Weg gefragt haben?«, wandte Janneke ein.

»Das ist eher unwahrscheinlich«, erklärte Fokke. »Die Insulaner wissen, dass Livia und Henning niemandem die Tür aufmachen, der sich nicht vorher angemeldet hat. Und ein Badegast? Ich denke eher nicht, denn das Haus liegt schon sehr abseits vom allgemeinen Geschehen, sodass ich mal davon ausgehe, dass dort niemand nach dem Weg gefragt hat. Aber das sind alles nur Vermutungen.«

»Das leuchtet mir ein.« Einen Moment lang überlegte Janneke. »Die Teetasse hat er nicht berührt, um keine Abdrücke zu hinterlassen. Wenn er Handschuhe getragen hätte, wäre das sicher aufgefallen. Immerhin geschah die Tat Anfang Mai und es war in den vergangenen Wochen sehr warm. Den Klingelknopf allerdings hatte er vergessen.«

»Ja, da war der Mörder unaufmerksam.«

»Vielleicht war es eine Mörderin? Hast du schon mal daran gedacht?« Janneke war der Ansicht, dass eine Frau genauso gut einen Elektroschocker benutzen konnte.

»Ja, das wäre allerdings auch möglich«, musste Fokke zugeben.

»Genau werden wir das erst wissen, wenn der Täter oder die Täterin gefunden ist.« Die junge Frau stellte ihre Tasche auf dem Boden ab. »Und was haben wir noch? Hast du schon in die alte Akte hereingeguckt?«

Fokke nickte. »Zum Glück hat sich in den vergangenen Jahrzehnten niemand berufen gefühlt, den Keller aufzuräumen und die alten Akten wegzuwerfen. Tante Greta hatte recht, man hat Gernod Riesinger erschlagen.« Er nahm den verstaubten Aktenordner und schlug ihn auf. »Der Tod trat am achtzehnten September 1967 gegen sechs Uhr abends ein, plus/minus eine Stunde. Und zwar durch ein schweres Schädel-Hirn-Trauma durch mindestens zwei heftige Schläge an die linke Schläfe und ins Gesicht, sodass an dieser Gesichtshälfte das Stirnbein und das Jochbein zertrümmert wurden. Die Tatwaffe war ein stumpfer Gegenstand.«

»Und wann wurde er gefunden?«

»Moment ... am Morgen des neunzehnten Septembers gegen sieben Uhr.«

»Deine Tante hatte doch erzählt, dass der Freund von Livia ziemlich eifersüchtig war. Wie hieß der noch mal?«

»Jens Friedrichs.«

»Sieh doch mal in den Aufzeichnungen nach, ob man ihn auch verhört hat?«

»Ja, warte mal ...«, murmelte Fokke. »Da muss ich aber eben rangehen.« Er zeigte auf sein Telefon, welches läutete. Er schob Janneke den Aktenordner hin und nahm den Hörer ab.

Sie suchte das entsprechende Blatt mit den gesuchten Angaben und hielt es ins Licht. Die Buchstaben der Schreibmaschine waren im Laufe der Jahre ziemlich verblasst. Es dauerte einen Moment, bis sich Janneke orientiert hatte.

Ziemlich schnell fand sie dann den Eintrag, in dem vermerkt war, dass Jens Friedrichs zugegeben hatte, eifersüchtig auf den neuen Freund seiner ehemaligen Freundin gewesen zu sein. Er gab an, noch am Abend des Streites die Insel verlassen zu haben. Eine Überprüfung der Fährzeiten hatte ergeben, dass die Abendfähre um achtzehn Uhr Spiekeroog verlassen hatte.

Janneke ließ das Blatt sinken und sah zum Fenster. Wenn man davon ausging, dass sich die Rechtsmedizin bezüglich des Todeszeitpunkts nicht vertan hatte, war es durchaus möglich, dass dieser Jens Friedrichs der Täter war, der vor fünfzig Jahren seinen Nebenbuhler erschlagen hatte.

***

»Frau Hoogestraat, gibt es eventuell noch etwas von Ihrem köstlichen Obstquark?« Frau Feldkamp stand neben Janneke und deutete auf die Schüssel mit dem Obstsalat.

»Heute nicht, aber Sie können sich ein wenig Joghurt und Obstsalat mischen, das schmeckt auch sehr gut«, antwortete Janneke, nahm ein leeres Schüsselchen und reichte es der Frau aus Borkum.

»Gut, wenn Sie das sagen«, seufzte Frau Feldkamp. »Ich bin traurig, dass mein Urlaub zu Ende ist.«

»Sie haben aber das Glück, dass Sie auch auf Borkum nach Ihrem Feierabend an den Strand gehen können, weil Sie auch auf einer Insel zu Hause sind.«

»So gesehen haben Sie recht. Das tröstet mich etwas und macht mir den Abschied leichter«, schmunzelte Frau Feldkamp.

»Das freut mich«, entgegnete Janneke und füllte die leere Karaffe mit Orangensaft auf.

»Und Ihnen«, wandte sich Frau Feldkamp an Hanna-Eva, die in der Tür stand, »Ihnen wünsche ich, dass Ihr Gips bald abkommt.«

Hanna-Eva nickte. »Ja, morgen«, verkündete sie freudig und sah aus den Augenwinkeln ihre Cousine an, die ganz verdutzt guckte. »Das hätte ich auch nicht gedacht, dass es doch so schnell geht. Aber morgen ist er runter.«

Hanna-Eva nahm Janneke am Arm. »Könntest du trotzdem noch ein bisschen hierbleiben? Ich soll den Arm nicht so belasten.«

Erleichtert atmete Janneke auf. »Ich wäre sowieso nicht nach Hause gefahren.« Sie zog ihre Cousine in die Küche. »Ich will nämlich wissen, wer das alte Ehepaar getötet hat. Eher fahre ich nicht weg.«

»Seid ihr denn weitergekommen?«

»Eigentlich nicht. Das ist alles sehr undurchsichtig.« Mit einem Schwung öffnete Janneke die Tür der Spülmaschine und sortierte ein paar Teller ein. »Sag mal, kannst du dich noch an die Tochter von Livia und Henning erinnern?«

»Meinst du Aaltje?«

Janneke nickte. »Soviel ich weiß, hatten die nur ein Kind.«

Hanna-Eva lehnte sich an den Kühlschrank. »Aaltje ist etwas älter als ich. Ihr Vater war immer sehr besorgt um sie. Ihre Mutter war da etwas oberflächlicher. Ich kann mich erinnern, dass meine Mutter einer Freundin einmal erzählt hat, dass Aaltje beim Osterfeuer bis spät in der Nacht alleine in den Dünen rumgelaufen ist.«

»Wie alt war sie damals?«

Hanna-Eva überlegte kurz. »Sie muss dreizehn oder vierzehn Jahre alt gewesen sein.«

»Und was ist bei dem Osterfeuer passiert?«

»Soweit ich mich erinnern kann, hat Aaltjes Vater seine Tochter gesucht. Er war sowieso ein bisschen streng, erzählte eine Nachbarin einmal. Er hat sie dann nach Hause gebracht. Die Freundin meiner Mutter hat gesagt, dass es Aaltjes Mutter nicht so wichtig war, wann ihre Tochter nach Hause kam.«

»Wieso kannst du dich da noch so gut dran erinnern?«

»Weil meine Mutter mir später, als ich älter war und auf die Rolle gehen wollte, diese Geschichte immer unter die Nase gerieben hat. Sie hat mich bei solchen Gelegenheiten gefragt, ob mir eine Mutter, der es egal ist, wann ich nach Hause komme, lieber wäre als eine, die sich überhaupt nicht um ihr Kind sorgt.«

Später in ihrem Zimmer kam Janneke zu der Erkenntnis, dass sich Hanna-Evas Beschreibung von Livia Mansen genau mit der Erzählung von Greta Visser deckte. Aaltjes Mutter war oberflächlich und leichtsinnig gewesen. Lag darin das Mordmotiv begründet? War es am Ende möglich, dass Livias Tochter von allen anderen unbemerkt auf Spiekeroog gewesen war und ihre Eltern getötet hatte? Aber warum sollte sie das getan haben? Eine gleichgültige Mutter war bestimmt kein Mordmotiv für eine längst erwachsene Frau.

Janneke beschloss, sich erst einmal den Lebenden zuzuwenden, und wählte die Telefonnummer von Hinrich. Da er nicht abnahm, hinterließ sie eine Nachricht, dass sie noch auf der Insel bleiben würde, weil sie noch etliche Fakten zu ihrem neuen Buch recherchieren müsse. Sie sah Hinrichs grinsendes Gesicht vor sich. Denn er hielt die Tätigkeit *Recherchieren* für eine vornehme Umschreibung von Neugier.

Hanna-Eva kam nach einem kurzen Klopfen in ihr Zimmer. »Ich denke, wir sollten los.«

»Ist es schon so spät?« Janneke sah auf ihren kornblumenblauen Rock. »Mist, ich bin noch gar nicht umgezogen. Einen kleinen Moment.«

Sie öffnete den Kleiderschrank, nahm eine schwarze Hose und eine graue Bluse heraus und schlüpfte hinein. »Geht das?«

»Perfekt«, meinte ihre Cousine und strich über ihr schwarzes Kleid. »Ich hasse Beerdigungen.«

»Zu solchen Ereignissen geht wohl keiner gerne hin. Eine Jacke werden wir wohl nicht brauchen?«

»Auf keinen Fall, bei der Wärme«, entgegnete Hanna-Eva und strich sich ein paar verschwitzte Haarsträhnen aus dem Gesicht.

Zehn Minuten später waren die beiden Frauen auf dem Weg zum Inselfriedhof. Die Trauerhalle empfand Janneke als angenehm kühl. Sie hatte den Eindruck, dass sämtliche Einwohner von Spiekeroog gekommen waren. Suchend sah sie sich um und entdeckte Fokke mit seiner Tante ganz vorne in der ersten Reihe. Die anderen Trauernden in der vordersten Sitzreihe waren alles ältere Menschen. Sie schloss daraus, dass die Tochter der Opfer, die die Beerdigung per Telefon organisiert hatte, wie angekündigt nicht anwesend war.

Durch die Grabrede erfuhr Janneke, dass Henning Mansen bei der freiwilligen Feuerwehr gewesen war und Livia lange Jahre im Handarbeitskreis der Kirchengemeinde mitgearbeitet hatte.

Als die Särge mit den Verstorbenen aus der Trauerhalle getragen wurden, blieb Janneke sitzen. Sie empfand es als unpassend, als völlig Fremde am offenen Grab zu stehen, und überließ es den Menschen, einschließlich Hanna-Eva, die die beiden gekannt hatten, um sie zu trauern und sie auf den letzten Weg zu begleiten.

Auch Fokke und seine Tante blieben sitzen und warteten, bis sich die Halle geleert hatte.

Janneke stand auf und lief leise nach vorne. »Moin Fokke, moin Frau Visser«, flüsterte sie. Frau Visser drehte sich um und lächelte Janneke an. »Mein Kind, schön, Sie zu sehen.« Sie tupfte sich ein paar Tränen aus den Augen und legte ihre Hand auf den Arm ihres Neffen. »Bist du so nett und bringst mich wieder nach Hause? Es war doch ein bisschen viel.«

»Aber natürlich, Tante Greta.« Fokke half seiner Tante hoch und hielt ihr seinen Arm hin, in den sie sich einhakte. »Aber ganz gemächlich. Ich will nicht, dass dir wieder schwindelig wird.«

»Keine Angst, mein Junge, das geht schon. Und Sie, meine Liebe, würden Sie uns begleiten? Ich wäre jetzt nicht so gerne alleine.«

Janneke nickte und lief an der anderen Seite der Insulanerin langsam zu ihrem Haus. Die Ferienkinder hüpften auf den Straßen und spielten, lachten und machten Grimassen.

»Seht euch nur diese Kinder an. So unschuldig, so ahnungslos vom Leben. Sie wissen gar nicht, wie schwer das Dasein manchmal sein kann.«

In Greta Vissers Küche war es ruhig. Das Ticken der Wanduhr war das Einzige, was man hören konnte. Welch ein Gegensatz, überlegte Janneke. Draußen das pralle Leben und hier eine alte Frau, die mit dem Schicksal haderte.

»So, wisst ihr was?« Fokke klatschte in die Hände. »Ich glaube, es ist Zeit für eine Tasse Tee.«

Beide Frauen nickten und Fokke bereitete geschickt den Tee zu.

»Das tut gut«, seufzte Greta Visser, als sie den ersten Schluck getrunken hatte. »Wisst ihr, was mein Vater immer gesagt hat? Es geht nichts über eine anständige Tasse Ostfriesentee.«

»Das stimmt«, meinte Janneke. »Mein Onkel trinkt am Tag mindestens acht Tassen Tee.«

Bedächtig faltete Greta die Hände. »Es ist schön, mit euch hier zu sitzen. Es ist alles so traurig. Wer hätte das vermutet, dass die beiden ... Henning und Livia sind ja nun nicht mehr bei uns. Sie war wahrlich kein einfacher Mensch, aber das alles hat sie nicht verdient.« Mühsam versuchte sie, Haltung zu bewahren. »Wenn ich noch an den Tag denke, als man ihren Verlobten gefunden hat ... Die ganze Insel stand Kopf und Livia war am Boden zerstört.«

## 7. Kapitel – 1967

Frau Bramstett hatte die schreiende Livia ins Bett gepackt und den Hausarzt verständigt. Dieser verabreichte der Schwangeren ein pflanzliches Beruhigungsmittel.

»Herr Doktor, das kann dem Kind doch nicht schaden, oder?«

»Sie meinen das ungeborene Kind? Nein, keine Sorge«, beruhigte der Arzt die angehende Großmutter. »Wichtig ist es jetzt, dass Ihre Tochter möglichst keine Aufregung hat, denn dies wäre ungünstig für die Schwangerschaft.« Der Arzt nahm seine Tasche und verabschiedete sich.

»Warten Sie, ich bringe Sie noch zur Tür«, sagte Livias Vater und begleitete den Mediziner nach draußen. »Ich hoffe, meine Frau kommt damit zurecht. Die Leute werden sich das Maul zerreißen, dass unsere Tochter unverheiratet Mutter wird.«

Der Arzt nickte. »Schön ist die Situation nicht, aber dass man den Verlobten Ihrer Tochter ermordet hat, ist das eigentlich Tragische. Wenn etwas ist, rufen Sie kurz an, dann komme ich vorbei.«

Am nächsten Morgen klingelte Greta an der Tür von Livias Elternhaus. Eine völlig aufgelöste Frau Bramstett öffnete. »Moin Greta, gut, dass du kommst.« Sie hatte rote Flecken im Gesicht. »Livia ist total fertig«, stammelte sie und nahm ein zerknülltes Taschentuch aus ihrer Kittelschürze. »Ich komme nicht mehr an sie ran. Die Polizei war heute Morgen schon zum zweiten Mal hier. Ich wollte meiner Tochter beistehen, aber sie hat mich aus dem Zimmer geworfen.«

Greta hatte gestern Mittag von dem morgendlichen Leichenfund gehört, aber auf den Rat ihrer Mutter den Besuch bei ihrer Freundin auf den nächsten Tag verschoben.

»Ich versuche, sie zu beruhigen. Vielleicht erzählt sie mir etwas«, versprach Greta und stieg die steile Holztreppe in den ersten Stock hinauf.

Auf ihr dezentes Klopfen an Livias Tür rief diese mit schriller Stimme, man solle sie doch in Ruhe lassen. Greta ließ sich davon nicht abhalten und betrat das Zimmer.

Livia lag mit verheulten Augen im Bett, eine geöffnete Schachtel Pralinen neben sich. »Hier, nimm dir eine. Schokolade soll glücklich machen. Und Glück kann ich gut gebrauchen.«

Greta setzte sich auf das Bett ihrer Freundin und nahm sich eine Nusspraline. »Geht's dir ein bisschen besser?«

Livia rollte mit den Augen. »Abgesehen davon, dass mein Bräutigam tot ist und ich schwanger bin, geht es so einigermaßen«, antwortete sie sarkastisch und schlug mit der Faust wütend auf ihr Bett. »Kannst du dir vorstellen, was das für ein Getratsche sein wird? Wir wussten ja, dass sie ein Luder ist, werden sie sagen«, zischte sie. »Auch wenn Gernod tot ist, weiß ja jetzt jeder, dass wir schon vor der Hochzeit ...« Sie sah ihre Freundin an. »Du weißt schon, was ich meine.«

Seufzend nickte Greta. »Ich weiß, wie streng die Menschen in dieser Hinsicht sind. Kannst du dich noch an Grietje Vollmers erinnern, die so urplötzlich den Tamme Jensen geheiratet hat?«

»Ja, das war vor zwei Jahren oder so.«

»Genau. Und sieben Monate später kam der Sohn zur Welt. Er hat fast vier Kilo gewogen.« Greta tippte sich an die Stirn. »Die wollten doch aller Welt weismachen, dass es ein Siebenmonatskind ist, welches in der Hochzeitsnacht gezeugt wurde. Dabei waren das doch nicht die einzigen Menschen, die heiraten mussten, weil ein Kind unterwegs ist.«

Livia nickte. »Und in dem Schlamassel sitze ich jetzt auch.«

»Aber der Unterschied ist der, dass du keinen Mann zum Heiraten hast.«

»Auch wieder wahr.«

»Sag mal«, sagte Greta und stand auf. »Hast du der Polizei von Jens erzählt?«

Livia nickte. »Ja, habe ich, und ich bete zu Gott, dass sie das Schwein bekommen.«

»Und wenn er es gar nicht war?«

»Wer soll es denn sonst gewesen sein?«, empörte sich die werdende Mutter. »Er war doch der Einzige, der auf Gernod eifersüchtig war.«

»Hast du Gernod an dem Tag gesehen, als er gestorben ist?«

Livia nickte. »Am Nachmittag sind wir spazieren gegangen. Mir war schlecht und Gernod hat mich dann nach Hause gebracht. Er wollte noch ein wenig herumlaufen, ehe er in seine Pension zurückkehren würde. An dem Abend ist es passiert.« Livia strich ihre Haare zurück, nahm vom Nachttisch ein Gummiband und band die Haare zusammen.

Greta stand etwas irritiert vor ihrer Freundin, die mit bewegungslosem Gesicht einen kleinen Spiegel nahm und sich die Lippen nachzog. So sieht doch keine junge Frau aus, die gerade ihren Verlobten verloren hat, zweifelte Greta und verabschiedete sich bald.

Die frische Herbstluft tat ihr gut. Wieso verhielt sich Livia so komisch? Greta schüttelte fast unmerklich den Kopf. Da soll sich noch einer auskennen, dachte sie und lief zum Lebensmittelhändler, um einige Besorgungen für ihre Mutter zu machen.

Vor dem Geschäft traf sie Henning, der rauchend am Zaun lehnte. »Moin Henning.«

»Moin.«

»Ich war gerade bei Livia. Ihr geht es gar nicht so gut.«

»Tut mir echt leid, aber warum lacht sie sich auch so eine trübe Tasse an?« Hennings Worte klangen bitter.

»Wen meinst du jetzt? Jens oder den Typen aus Bayern?«

Henning stieß mit seiner Fußspitze an den Zaun und schob seine Hände in die Taschen. »Jens ist ein Idiot und der aus Bayern war auch nicht so ohne. Ich habe mich mal in der Pension, wo er gewohnt hatte, ein bisschen umgehört. Er war sehr verschlossen und hat sich mit persönlichen Äußerungen auffallend zurückgehalten.«

»Also ehrlich, Henning«, zischte Greta. »Wer soll ihn hier denn schon kennen und wissen, was für ein Mensch er ist?«

»Na ja, vielleicht hast du recht.« Hennings Worte klangen versöhnlich. »Es ist nur so ... Livia tut mir so leid, und egal ist sie mir auch nicht. Bald sitzt sie als unverheiratete Frau mit einem Kind da.«

»Zum Glück halten ihre Eltern zu ihr«, seufzte Greta. »Das ist ja auch nicht so selbstverständlich.«

»Mmhh«, brummte Henning und schien Gretas Worte nicht gehört zu haben.

»Du, ich muss weiter.« Mit einem kräftigen Rippenstoß versuchte Greta, Hennings Aufmerksamkeit zu erlangen. »Meine Mutter wird sich schon wundern, wo ich bleibe.«

»Warte kurz.« Henning hielt sie am Arm fest. »Du kennst Livia ja besser als ich. Meinst du, sie würde …«, stotterte er. »Sie würde in diesem Notfall einen Heiratsantrag von mir annehmen? Ich könnte ihr den Makel einer unehelichen Mutter ersparen.«

Greta blieb mit offenem Mund stehen. Sie wusste ja, dass Henning sich mehr aus Livia machte, aber heiraten? Andererseits hätte dann alles seine Ordnung. »Wissen kann ich es natürlich nicht, aber du solltest es versuchen«, ermunterte sie den jungen Mann und zwinkerte ihm zu.

»Danke«, strahlte Henning. »Ich werde es auf jeden Fall versuchen.«

Greta sah ihm ungläubig nach. Ob ihre Freundin auf den Vorschlag des gemeinsamen besten Freundes eingehen würde, konnte sie nicht einschätzen, hoffte aber, dass alles gut werden würde.

Noch im November heirateten Livia Bramstett und Henning Mansen in aller Stille. Im darauffolgenden Mai wurde Aaltje geboren.

## 8. Kapitel

»Hinrich, dass du mal zurückrufst ...« Janneke wechselte das Telefon von einem Ohr zum anderen. »Ich habe mir schon Sorgen gemacht. Jan hat gesagt, du wärst unpässlich gewesen?«

»Das war doch nur die olle Bohnensuppe, die Jans Frau gekocht hat.« Hinrich lachte. »Die hat aber so lecker geschmeckt, dass ich drei Portionen gegessen habe.«

»Jetzt ist aber alles wieder gut?«

»Klar, hier läuft alles nach Plan. Nur die scheiß Dusche war undicht. Das war eine Riesensauerei, aber Jan und ich haben das wieder hinbekommen«, erklärte Hinrich mit Stolz.

Janneke konnte sich denken, wie das abgelaufen war. Spätestens nach einer Stunde bezichtigte einer den anderen als Idioten oder Dösbaddel, nach zwei Stunden waren die beiden Männer total zerstritten. »Da bin ich aber mal gespannt, wie du das hinbekommen hast«, meinte Janneke skeptisch. »Ich sehe es ja, wenn ich wieder nach Hause komme.«

»Und wann ist das?«

»Keine Ahnung. Mal sehen, wie es Hanna-Eva geht.«

»Oder schnüffelst du schon wieder in anderer Leute Sachen herum?«

Sie bemerkte, dass ihr Onkel sie besser kannte, als sie gedacht hatte. »Hinrich, ich komme, so schnell es geht. Ich habe richtig Heimweh nach deinen Apfelpfannkuchen.«

»Das freut mich zu hören.« Hinrichs Stimme klang viel fröhlicher. »Ich geh jetzt mal zu Jan rüber, wir haben noch einiges zu bereden.«

»Was macht Fräulein Schneider?«, wollte Janneke noch wissen.

»Deiner Katze geht es gut. Gestern hat sie in meine Hausschuhe gepinkelt.«

»Ich kaufe dir ein paar neue«, tröstete sie ihren Onkel. Sie wusste, dass Hinrich jetzt zu Jan rüberging, um sich einen Sanddornschnaps zu genehmigen.

Als sie aufgelegt hatte, ging sie noch einmal das letzte Kapitel ihres Manuskriptes durch. Nach einigen kleinen Änderungen mailte sie es an ihren Verlag. Froh, diese Arbeit abgeschlossen zu haben, nahm sie sich vor, Fokke in der Polizeidienststelle aufzusuchen, um zu erfahren, was bei seiner Recherche über den Verbleib von Jens Friedrichs herausgekommen war.

Bärbel war gerade dabei, das letzte Zimmer zu saugen, als Janneke aus ihrem Zimmer kam. »Wann kommt Hanna-Eva wieder zurück?«, wollte die Angestellte wissen und schaltete den Staubsauger ab. »Heute Abend noch?«

»Keine Ahnung. Sie wollte zum Steuerberater nach Wittmund und zum Arzt. Kann sein, dass sie erst morgen kommt. Je nachdem, wie sie fertig wird.«

»Okay«, nickte Bärbel. »Ich mache das hier noch fertig und haue dann ab. Die Tische zum Frühstück habe ich so weit eingedeckt. Wir sehen uns morgen früh.«

»In Ordnung«, antwortete Janneke. »Weißt du, wo die Friseurin arbeitet, die Livia Visser immer die Haare gemacht hat?«

»Tomke?«

»Ja, genau die.«

»Im Richelweg.« Bärbel beschrieb ihr den Weg. »Du kannst dich gar nicht verlaufen, so groß ist die Insel ja nicht.«

»Sag das mal nicht«, lachte Janneke. »Mein Orientierungssinn ist äußerst mangelhaft.«

Auf ihrem Weg zum Friseursalon kam Janneke am Inselcafé vorbei. Sie überlegte kurz, ob sie sich nicht ein Stück Ostfriesentorte gönnen sollte, entschied sich aber dagegen. Die eingesparten Kalorien wollte sie sich für Hanna-Evas Kartoffelsalat aufheben, den ihre Cousine morgen zubereiten wollte.

Den Friseursalon *Haarschnitt* fand sie auf Anhieb. Auf einer in Friesenblau gestrichenen Tür stand *Herzlich willkommen* unter einem Türkranz aus Stroh.

Soweit Janneke das von außen beurteilen konnte, war der Salon leer. Sobald sie die Tür geöffnet hatte, sprang eine junge Frau von einem hohen Hocker herunter und lächelte sie an.

»Moin«, sagte sie. »Schön, dass Sie hergefunden haben.« Neugierig betrachtete sie Jannekes kurze Haare.

»Moin, ich will Sie nicht stören, aber vielleicht könnten Sie mir eine Frage beantworten.«

Misstrauisch sah die junge Frau sie an. »Was wollen Sie?«

»Ihr Name ist Tomke, stimmt's?«

»Ja, schon, aber ...«

»Ich bin die Cousine von Hanna-Eva vom Strandlooper. Sie hat sich ja den Arm gebrochen und ich habe ihr in der Pension ausgeholfen.«

Tomkes Gesicht entspannte sich. »Wollen Sie einen Termin für Hanna-Eva machen?«

Janneke schüttelte den Kopf. »Ich bin Journalistin und ...«

»Ich weiß schon«, unterbrach Tomke sie genervt. »Es ist wegen Livia und Henning.« Abrupt drehte sie sich um und ging in die angrenzende Teeküche. Janneke folgte ihr und blieb in der Tür stehen. »Es ist nicht so, wie Sie denken. Mich interessiert die Sache im Allgemeinen.«

»Die Polizei hat mich schon in die Mangel genommen.« Ihre Stimme klang jetzt verächtlich. »Als ob ich die beiden abgemurkst hätte.« Erschrocken hielt sie sich den Mund zu. »Entschuldigen Sie bitte. Das ist mir so rausgerutscht. Wie heißen Sie?«

»Janneke. Janneke Hoogestraat«, stellte sie sich vor. »Ich will Sie wirklich nicht ausquetschen, aber ich schreibe kriminelle Geschichten und deshalb interessieren mich solche Dinge.«

»Wollen Sie was trinken?« Tomke nahm eine Flasche Apfelsaft, goss etwas davon in ein Glas und hielt es Janneke hin.

»Danke.«

Tomke nahm sich ebenfalls etwas zu trinken und bedeutete Janneke mit einer Handbewegung, sich zu setzen. »Sie können sich ja gar nicht vorstellen, wie erschrocken ich bin, als ich Livia und Henning da so sitzen sah. Ich dachte erst, die wären am Tisch eingeschlafen.«

»Ist Ihnen irgendetwas Besonderes aufgefallen?«

Tomke überlegte kurz und schüttelte dann den Kopf. »Nein, alles war wie immer, außer dass Livia und Henning … Sie wissen schon.«

»Kannten Sie die beiden gut?«

»Nee, eigentlich nicht. Ich habe Livia nur die Haare gemacht, ansonsten haben wir uns nie gesehen, denn sie und ihr Mann haben fast nur zu Hause gesessen.«

Janneke trank einen Schluck Saft. »Kennen Sie die Tochter des Ehepaares Mansen?«

»Nein, die ist schon lange weg, da war ich noch ganz klein.« Tomkes Blick fiel auf Jannekes hochhackige Schuhe. »Sie haben ja echt geile Schuhe an. Kann man da drin laufen?«

Janneke lachte. »Ja, ich kann sehr gut darin laufen.«

»Ich wollte mir ja auch immer solche Dinger kaufen, aber ich habe mich nicht getraut.«

»Sie können ja heimlich zu Hause üben.«

Das Telefon auf dem Tresen läutete. »Moment«, sagte Tomke und lief in den Laden zurück. Die Friseurin notierte einen Termin und bedankte sich bei der Kundin.

»Aufgefallen ist mir bei Livia nichts. Sie ging ja nie nach draußen und fühlte sich anscheinend in ihrem Krimskrams, der überall im Haus verteilt war, wohl«, erzählte die junge Frau, als sie wieder in die Teeküche zurückgekehrt war. »Bilder, Bücher, überall lagen gestickte Deckchen herum. Also ich wäre in dem ganzen Sammelsurium bestimmt erstickt.«

»Hatten Livia und ihr Mann noch Verwandte auf der Insel oder auf dem Festland?«

Tomke zuckte mit den Schultern. »Nicht, dass ich wüsste. Livia hat mal erzählt, dass sie eine Cousine in den USA habe, mit der sie im regen Kontakt stand. Die hat ihr anscheinend immer die neuesten Bilder von ihren Kindern und Enkelkindern geschickt. Jedenfalls war eine ganze Wand bei Livia zu Hause damit voll. Sie hat mir alle Bilder einmal gezeigt und mir bei jedem Bild erklärt, wie der Junge oder das Mädchen hieß.«

Tomke griff in ihre Jackentasche und zückte ein Päckchen Zigaretten. »Normalerweise rauche ich hinterm Haus, aber jetzt, wo Sie da sind.« Sie stutzte und nahm die noch nicht entzündete Zigarette aus ihrem Mund. »Das fällt mir gerade auf. Livia hatte überall die Bilder von ihrer amerikanischen Verwandtschaft verteilt, aber es gab kein Bild ihrer Tochter. Das ist doch sehr merkwürdig, oder?«

»Das ist schon bemerkenswert«, bestätigte Janneke.

In diesem Moment betrat eine Kundin den Laden. Tomke legte ihre Zigarette weg. »Ich muss leider«, sagte sie entschuldigend. »Wenn Sie noch was wissen wollen, kommen Sie einfach vorbei.«

Janneke bedankte sich und machte sich auf den Heimweg. Nach einer ausgiebigen Dusche legte sie sich aufs Bett, schaltete den Fernseher an und war kurz darauf eingeschlafen.

Die Klingel an der Haustür weckte sie unsanft. Erschrocken sah sie auf die Uhr. Es war fast sechs Uhr abends. Wer konnte das sein? Die Post war schon lange durch und die Pensionsgäste hatten alle einen Schlüssel. Sie sprang auf und schlüpfte in ihren Jogginganzug. Eilig lief sie nach unten und riss die Haustür auf. Vor ihr stand Onkel Hinrich und grinste sie freudig an.

***

»Du hast ein bisschen zugelegt.« Hinrich sah seine Nichte prüfend an.

»Du spinnst wohl«, empörte sich Janneke und stellte eine Schale Müsli vor ihren Onkel hin. »Das war eine Überraschung, als du hier aufgetaucht bist.«

»Ich dachte, ich sehe mal nach dir.« Geschickt köpfte Hinrich Hoogestraat sein Frühstücksei.

Hinrich hatte lange geschlafen, nachdem er die halbe Nacht mit Janneke geredet und ihr die neusten Begebenheiten aus Amdorf berichtet hatte. Janneke hatte ihn später in eines der leeren Gästezimmer gebracht und ihm eine gute Nacht gewünscht.

Jetzt saß der Rentner in der Frühstücksveranda der Pension Strandlooper und genoss das reichhaltige Frühstücksbüfett.

Alle Gäste, bis auf den älteren Herrn am Fenster, hatten die Veranda wieder verlassen. Mit einer Tasse Kaffee hatte sich Janneke zu ihrem Onkel an den Tisch gesetzt.

»Sag mal, der Mann da hinten«, Hinrich deutete dezent mit dem Kopf zu dem Mann am Fenster. »Ob der eingeschlafen ist?«

Janneke sah unauffällig hin. »Nein, Herr Gebert ist immer so. Wir nennen ihn unter uns den Professor, weil er immer so abwesend wirkt. Er kommt morgens zum Frühstück, sitzt ganz alleine da und nach ungefähr einer Stunde verlässt er den Raum mit einem kurzen Kopfnicken. Wir haben bis jetzt nur wenige Worte mit ihm gewechselt, obwohl er schon ein paar Wochen da ist.«

»Und was macht er den ganzen Tag?«

»Laufen, wandern ... keine Ahnung. Er kommt erst gegen Abend zurück. Er scheint mit sich selbst zufrieden zu sein.«

»Dann ist er wahrscheinlich sehr gesund, bei all der Luft hier«, schmunzelte Hinrich und schnitt sich noch ein Frühstücksbrötchen auf. »Ich werde auch erst mal die Insel erkunden.«

»Ja, mach das. Es wird dir hier gefallen.«

»Wie groß ist die Insel denn? Nicht, dass ich aus Versehen ins Wasser falle«, grinste er.

»Keine Sorge. Hier gibt es achtzehn Quadratkilometer, auf denen du herumlaufen kannst.«

Bärbel kam an den Tisch. »Herr Hoogestraat, kann ich Ihnen noch was bringen?«

Hinrich lehnte sich zurück. »Im Grunde genommen bin ich satt, aber der Obstsalat war einsame Spitze. So gut bekomme ich den nicht hin.«

»Den hat Janneke gemacht«, meinte Bärbel und legte die Hand auf Jannekes Schulter.

»Das ist nicht wahr?« Hinrich war im höchsten Maße erstaunt.

»Doch«, nickte seine Nichte. »Ich wundere mich auch, wieso ich das hier fertigbringe.« Janneke sagte das nicht ohne Stolz. »Zu Hause habe ich in dieser Beziehung zwei linke Hände.«

Hinrich klopfte mit seinem Handknöchel auf den Tisch. »Da wollen wir mal hoffen, dass das zu Hause auch anhält«, lachte er.

Der stille Gast vom Fenstertisch ging vorbei, nickte kurz und verließ die Veranda.

»So, meine Lieben«, Hinrich sah Bärbel und Janneke an. »Ich werde mich jetzt auf die Socken machen.« Er stand auf und reckte sich ein wenig. »Ich wünsche euch einen schönen Tag.«

Nachdem Janneke mit Bärbel die restlichen Arbeiten erledigt hatte, ging sie nach oben und zog sich um. Hanna-Eva rief an und teilte ihr mit, dass sie mit der Mittagsfähre wieder nach Spiekeroog kommen würde.

»Du kannst dich auf einen Überraschungsgast freuen«, sagte Janneke.

»Wer denn?«

»Onkel Hinrich ist gekommen«, lachte sie und schlüpfte in ihre High Heels. »Ich glaube, er hat es nicht mehr ausgehalten, weil er denkt, dass ich hier wieder den Spitzbuben nachjage.«

»Und, machst du das?« Hanna-Eva hatte ihre Cousine durchschaut.

»Also, wenn du es genau wissen willst, ich bin an der Sache mit dem Ehepaar Mansen dran.«

Hanna-Eva hustete. »Du musst mir heute Abend alles erzählen. Ich will das auch wissen.«

»In Ordnung«, versprach sie und legte auf.

Da es leicht nieselte, nahm Janneke ihre Regenjacke und verließ das Haus. Der Mai neigte sich bereits dem Ende. Obwohl es in den vergangenen Tagen sehr warm gewesen war, fegte der Ostwind mit frischer Brise über die Insel.

Sie beeilte sich, in die Polizeistation zu kommen. Dort angekommen, stellte sie fest, dass neben Fokke noch ein weiterer Polizist anwesend war.

»Das ist Habbo, mein Kollege«, stellte Fokke seinen großen, kräftigen Kollegen vor. »Habbo war drei Wochen in Urlaub, deshalb hast du ihn noch nicht kennengelernt.«

»Moin. Habbo Popinga.« Er drückte kräftig Jannekes Hand. »Fokke hat mir schon alles erzählt, was hier so abgegangen ist.«

»Komm, setz dich«, sagte Fokke und schob ihr einen Stuhl hin.

»Hast du etwas herausbekommen wegen Jens Friedrichs?« Sie nahm auf der Stuhlkante Platz und lauschte gespannt, was der Inselpolizist zu vermelden hatte.

Fokke setzte sich und sah auf seine Notizen. »Also, die Anfrage beim Einwohnermeldeamt in Hannover hat nichts ergeben. Dort gibt es keinen Jens Friedrichs.«

»Schade.« Janneke hatte mehr erwartet. »Vielleicht kam er gar nicht aus Hannover, sondern aus einer anderen Stadt und hat aus irgendeinem Grund nicht die Wahrheit gesagt?«

»Möglich ist das, aber in diesem Fall ist es egal, denn es gibt in allen Einwohnermeldeämtern keine Daten aus dem Jahr 1967.«

»Das ist fünfzig Jahre her«, schaltete sich Habbo ein. »Damals wurde alles auf Karteikarten vermerkt. Nach einer gewissen Zeit wurde das alles vernichtet.«

»Stimmt«, sagte Fokke. »Ich habe weiter im Internet recherchiert. In Gesamtdeutschland gibt es über viertausend Telefonbucheinträge auf den Namen Friedrichs. Alleine in Hamburg gibt es hundertvierzig Telefonanschlüsse auf diesen Namen.«

»Und weiter?«, wollte Habbo wissen.

»Es gibt fünfzehn Einträge im gesamten Deutschland auf den Namen Jens Friedrichs.«

»Bingo.« Habbo stampfte mit dem Fuß auf.

»Einer von denen ist unser Mann«, freute sich Janneke.

Fokke schüttelte den Kopf. »Leider nein. Ich habe gestern den ganzen Tag telefoniert und auch alle Teilnehmer erreicht. Fast alle sind viel zu jung, um unser Jens Friedrichs zu sein. Einer war seit Kriegsbeginn beinamputiert. Ich denke, das wäre aufgefallen, wenn er früher regelmäßig auf der Insel gewesen wäre. Blieb noch einer übrig. Der hat mir zum Glück freiwillig erzählt, dass er ab 1961 für fünfzehn Jahre in Spanien war. Er ist nebenbei bemerkt auch zehn Jahre älter als Livias Jugendliebe.«

»In Bezug auf das Alter kann er dich angelogen haben, und der Aufenthalt in Spanien war vielleicht auch erfunden?« Janneke versuchte, ihre Enttäuschung zu verbergen.

»Das könnte so gewesen sein, aber der Herr war sehr kooperativ. Er hat mir seine Geburtsurkunde gemailt und seine Arbeitsverträge mit einer spanischen Firma. Es stimmt mit seinen Angaben überein.«

»Schöne Scheiße«, fluchte Habbo. »Wäre ja auch zu leicht gewesen.«

Mit geschlossenen Augen und aufgestütztem Kopf saß Fokke an seinem Schreibtisch. »Ich vermute etwas ganz anderes«, murmelte er.

»Was?«, riefen Habbo und Janneke aus einem Mund.

»Als ich mit dem Mann gesprochen habe, der so lange im Ausland gearbeitet hat, ist mir der Gedanke gekommen, dass unser Friedrichs eventuell ausgewandert sein könnte. Deshalb habe ich in einer entsprechenden Datenbank nachgeforscht.«

»Hast du was gefunden?«

Fokke nickte. »Das hat mich die halbe Nacht gekostet. Ein Jens Friedrichs ist Ende 1967 nach New York ausgewandert. Als Bürge im Einreiseland hat er einen Onkel mit dem Namen Daniel Friedrichs angegeben.«

Einen Moment lang war es still in der Polizeistation. »Das heißt aber auch, dass er nie wieder zurückgekehrt ist nach Deutschland, denn dann hättest du ihn ja bei deiner Recherche gefunden. Richtig?«

Fokke und Habbo nickten.

»Und wenn er zurückgekommen ist und unter falschem Namen hier lebt, dann finden wir ihn nie«, fuhr Janneke in ihren Überlegungen fort. »Aber die Tatsache, dass er unmittelbar nach der Ermordung von Livia Mansens Verlobtem nach Amerika ausgewandert ist, lässt doch den Schluss zu, dass es eine Flucht war.«

Der junge Polizist nickte. »Mutmaßlich ist er der Mörder von Gernod Riesinger.«

»Und niemand wird ihn zur Rechenschaft ziehen können«, ergänzte Habbo Popinga und betrachtete eingehend seine Fingernägel.

***

Bärbel Huisinga liebte ihre Arbeit in Hanna-Evas Pension. Die Chefin ließ ihr freie Hand und mischte sich nicht in ihre Planung ein, was das Frühstücksbüfett betraf. Die Seniorchefin hatte sie zum Glück nicht mehr erlebt, denn die soll ein richtiger Besen gewesen sein.

Mit ihrer Mutter und ihrer Großmutter lebte die junge Hausangestellte am Rande des Dorfes. Zum Festland fuhr sie selten, denn sie liebte die Ruhe und Beschaulichkeit ihrer Heimat. Im Sommer, wenn die Gäste die Insel bevölkerten, verkroch sie sich zu Hause und las. Sie mochte diesen Trubel nicht.

Ihre Großmutter Trientje Köhler hatte mit Bestürzung Livia und Henning Mansens Schicksal zur Kenntnis genommen. Erst nach und nach verstand sie, unter welchen Umständen dies geschehen war.

Bärbel trank jeden Nachmittag mit ihrer Großmutter und ihrer Mutter in der gemütlichen Wohnküche mit dem durchgesessenen Sofa Tee. Sie liebte diese magischen Stunden, in denen nur ihre Familie existierte und die Welt vor der Tür blieb.

Seit diesem unglückseligen Ereignis, welches alle Einwohner von Spiekeroog erschüttert hatte, begann Trientje Köhler in schöner Regelmäßigkeit über ihre Jugend und die Erlebnisse mit ihrer Klassenkameradin Livia Bramstett zu erzählen, mit der sie auch außerhalb der Schule viel Zeit verbracht hatte.

»Wir haben uns damals kaputtgelacht, wenn wir daran dachten, dass wir eines Tages über siebzig und unser Haar dünn und grau sein würde.« Sie schmunzelte. »Als ich ein Kind war, hielt ich meine Großmutter für eine uralte Frau, dabei war sie erheblich jünger, als ich jetzt bin.«

»Wie war denn Livia Mansen so als junges Mädchen?«, fragte Bärbel neugierig nach. »Ich kenne sie ja nur als ältere Frau.«

Die Seniorin lachte verschmitzt. »Sie war schon ein kleines Früchtchen und hatte keine Hemmungen. Bei dem alten Leonard im Lebensmittelladen hat sie Bonbons geklaut. Wir waren meistens mit mehreren unterwegs, aber nur sie hat sich solche Sachen getraut.«

Die junge Insulanerin konnte sich das gar nicht vorstellen. »Da habt ihr ja den gleichen Quatsch gemacht wie wir«, lachte Bärbel.

Entrüstet sah die Frau ihre Enkelin an. »Ihr habt auch Bonbons geklaut?«

»Nein, das nicht … Wir haben eben andere Sachen gemacht, aber das erzähle ich lieber nicht. Mama weiß auch nichts davon. Gut, dass sie heute Nachmittag nicht da ist.«

»Kind, mach nur keinen Unsinn.«

»Keine Angst, Oma.« Bärbel nahm die Teekanne und goss ihrer Großmutter frischen Tee ein. »Sag mal, die Leute reden ja jetzt viel über Henning und Livia. Die beiden hatten doch eine Tochter?«

»Ja, das Mädchen wurde nicht lange nach der Hochzeit geboren. Die Eltern von Livia haben dann überall herumerzählt, dass es eine Frühgeburt sei. Die Menschen waren damals so spießig. Heute ist es normal, wenn eine junge Frau unverheiratet ein Kind bekommt.«

Nachdenklich nahm Trientje Köhler ihre Teetasse und trank einen Schluck. Fast lautlos stellte sie die Tasse auf den kleinen Unterteller zurück. »Es war schon eine bewegende Geschichte damals.«

»Was meinst du denn genau?«

»Livia hatte damals so ein Pech. Erst hatte sie einen Freund, der ziemlich stürmisch war. Ich habe ihn nie kennengelernt, denn zu dieser Zeit war unsere Freundschaft nicht mehr so eng. Dem hat sie den Laufpass gegeben und sich mit einem Bauern aus Süddeutschland verlobt. Kurz nachdem sie schwanger geworden war, wurde ihr Verlobter erschlagen.«

»Das ist echt schrecklich. Dann war also Henning gar nicht der Vater?« Bärbel konnte sich das gar nicht vorstellen und hatte Mitleid mit Livia, die ebenfalls durch einen Mord zu Tode gekommen war. »Und Henning Mansen hatte sie aus Ritterlichkeit geheiratet?«

»Ich glaube, so war das. Aber die genauen Umstände kenne ich nicht. Niemand hat offen über dieses Thema gesprochen.«

»Und der Verlobte, also der, der ermordet wurde, ist der hier auf der Insel beerdigt?«

»Du stellst Fragen«, murmelte Bärbels Großmutter. »Jetzt, wo du danach fragst, fällt es mir wieder ein. Man hatte den Leichnam in der kühlen Trauerhalle aufbewahrt. Es war September und sehr kalt. Soweit ich mich erinnere, fuhren die Fähren nicht wegen des Ostwinds. Die Polizei kam mit einem Boot der Küstenwache rüber und hat vor Ort die Untersuchungen durchgeführt. Ein paar Tage später hieß es, die Familie aus Bayern sei auf der Insel angekommen. Mein Vater hat damals im Rathaus gearbeitet und uns erzählt, dass ein Anwalt und zwei Familienmitglieder des Toten ins Rathaus gestürmt seien und sofortige Aufklärung gefordert haben, warum sich ihr Verwandter überhaupt auf der Insel aufgehalten hat.« Grübelnd fasste sich die ältere Dame an den Kopf.

»Verflixt, wie hieß der Tote noch?« Sie schloss kurz die Augen. »Keine Ahnung, aber das ist ja auch unwichtig. Jedenfalls war großer Aufruhr. Der Anwalt hat das mit der Verlobung nicht geglaubt und das als Unsinn abgetan. Jemand hat dann Livias Namen genannt und die Familie des Toten aufgefordert, mit der jungen Frau Kontakt aufzunehmen, um mehr über die Verlobung zu erfahren.« Die Großmutter fing an zu husten. »Bärbelchen, sei doch so nett und hole mir ein Glas Wasser. Mein Mund ist so trocken.«

»Sofort, Oma«, sagte Bärbel und kam in Windeseile mit einem Glas Wasser aus der Küche zurück. »Erzähl schnell weiter«, bat sie und reichte der älteren Dame das Wasser, die es gierig austrank.

»Also, das hat die Familie abgelehnt. Die Polizei kam mit dem offiziellen Schreiben ins Rathaus, in dem stand, dass die Leiche freigegeben sei. Mein Vater hat erzählt, dass der Anwalt eine umfassende Aufklärung gefordert hat. Der olle Janssen, der damals der Leiter der Polizeistation hier auf der Insel war, hat dann mehrmals betont, dass die Ermittlungen noch nicht abgeschlossen waren und man die Hinterbliebenen auf jeden Fall auf dem Laufenden halten würde.«

»Und was geschah dann?«

»Man hat den Sarg mit der Inselbahn zum Hafen gebracht. Die Bahn verkehrte damals noch zwischen dem Dorf und dem alten Hafen. Der Sarg wurde an Bord gehievt und dann zum Festland transportiert.«

»Hat irgendjemand noch mal was von der Familie gehört?«

»Nein«, antwortete Bärbels Großmutter. »Es war so, als wäre der Mann aus Süddeutschland niemals auf der Insel gewesen.«

***

Außer Atem blieb Greta Visser in der Hintertür ihres Hauses stehen und schnappte nach Luft. Erst vor zwei Jahren hatte man ihr im Klinikum Oldenburg eine neue Herzklappe eingesetzt. Aber anstatt sich frischer zu fühlen, hatte sie den Eindruck, dass ihr Körper immer schwächer wurde. Sie nahm den leeren Wäschekorb und stellte ihn in die Abstellkammer.

In der Küche nahm sie eine Flasche Mineralwasser von der Anrichte, füllte ein Glas und trank es mit viel Widerwillen leer. Furchtbar, dass man gerade als alter Mensch viel trinken soll, obwohl man keinen Durst verspürt, dachte sie. Ja, in der Jugend war das anders, da konnte es nicht genug Limonade oder Cola sein.

Schwerfällig ließ sie sich in ihrem Sessel, der vor dem Küchentisch stand, nieder und stützte den Kopf in die Hände.

Vielleicht kam diese Erschöpfung gar nicht von der Herzklappe? Wenn sie so darüber nachdachte, war es seit dem Tod ihrer Freundin schlimmer geworden. Obwohl sie selbst nicht gut zu Fuß war, hatte sie sich jeden Dienstagnachmittag auf den Weg zu Livia in den Friederikenweg gemacht, um einen Klönschnack zu halten. Die Strecke über den Bi d'Utkiek und den Tranpad war schon ziemlich herausfordernd, aber sie hatte es jedes Mal gemeistert.

Obwohl sie und Livia total unterschiedlich waren, war ihre Freundschaft nie ins Wanken geraten. Die ganzen Jahre hatte Greta mit ihrem verstorbenen Mann in Harmonie zusammengelebt und sich an den einfachsten Dingen des Lebens gefreut. Livia hingegen hatte mit aller Welt gestritten, war oft unzufrieden und hatte mehrmals ernsthaft in Erwägung gezogen, Spiekeroog zu verlassen.

Die grüne Insel zu verlassen wäre Greta auch in hundert Jahren nicht in den Sinn gekommen. Wie hätte sie die Hektik, den Verkehr und die vielen Menschen auf dem Festland ertragen können?

Greta legte den Kopf zurück und stöhnte leise. So ging einer nach dem anderen ihrer Freunde von der Welt und sie würde eines Tages ganz alleine, zumindest was die Altersgenossen betraf, zurückbleiben.

Sie musste eingeschlafen sein, denn eine Hand hatte sich auf ihre Schulter gelegt. Erschrocken öffnete sie die Augen und sah Fokke direkt ins Gesicht. »Mein Gott, jetzt bin ich aber erschrocken.«

»Tut mir leid, aber Janneke hat darauf bestanden, dich zu besuchen.« Mit dem Kopf deutete er zur Tür, in der die junge Frau abwartend stand.

Gretas Gesicht strahlte. »Das war eine hervorragende Idee von euch, Kinder. Das wird meine trüben Gedanken vertreiben.«

»Welche trüben Gedanken?« Janneke war näher gekommen und kniete sich vor die Insulanerin hin.

Fokke nahm den Wasserkocher, füllte ihn und schaltete ihn ein. »Ich mache mal Tee, dabei lässt es sich besser plaudern.«

»Das ist recht, mein Junge. Unten im Küchenschrank ist noch ein Päckchen Kluntje.« Greta sah die junge Frau an. »Kommen Sie, mein Kind, setzen Sie sich zu mir. Fokke kommt schon zurecht.« Sie klopfte auf die Lehne des Ostfriesensofas. »Ich freue mich, dass ihr gekommen seid.«

»Was hast du denn für trübe Gedanken?«, wollte nun auch Fokke von seiner Tante wissen, als er den Tisch gedeckt und allen Tee eingegossen hatte.

»Es ist wegen Livia. Ich kann mich nicht daran gewöhnen, dass sie nicht mehr da ist.«

»Das kann ich mir vorstellen«, sagte Fokke. »Ihr wart ja auch fünfzig Jahre befreundet.«

»Sogar noch länger. Wir wurden zusammen eingeschult.« Mit einem kleinen Sahnelöffel legte sich Greta etwas Sahne auf ihren Tee. »Habt ihr denn noch etwas herausgefunden? Wer kann so eine schreckliche Tat begehen?«

Fokke zuckte mit den Schultern. »Viel haben wir nicht. Einen einsamen Fingerabdruck, einen Todeszeitpunkt und eine Todesursache, mehr nicht. Weder Zeugen noch einen Verdächtigen oder gar ein Motiv.«

»Das ist wirklich nicht viel«, bestätigte Janneke. »Wo soll man da anfangen zu suchen?«

Die alte Uhr im Flur schlug vier Mal mit ihrem dunklen, wohlklingenden Gong. »Sie geht ja wieder«, wunderte sich Fokke. »Ich habe das richtig vermisst.«

»Ich habe sie reparieren lassen. Deinem Großvater wäre es sicher nicht recht gewesen, wenn sie stumm geblieben wäre.« Greta warf einen kurzen Blick in Richtung Flur und sah dann abwechselnd Fokke und Janneke an. »Ich weiß gar nicht, wieso ich das so lange mit Livia ausgehalten habe. Sie war schon immer ein Biest.«

»In welcher Hinsicht?«, fragte Fokke nach.

»Ich vergleiche das immer mit meiner Ehe. Gut, wir haben uns auch mal gezankt, aber Livia hat Henning manchmal wie ein Stück Holz behandelt. Ich denke, das hat er nicht verdient. Gerade auch, weil er sie vor der Schande, eine uneheliche Mutter zu sein, bewahrt hatte.«

Janneke nickte. »Sie hätte ihm eigentlich sehr dankbar sein müssen.«

Greta hob ruckartig den Kopf. »Ja, das hätte sie, aber sie hat Henning gehasst und ihn das auch spüren lassen.«

## 9. Kapitel – 1969

Livia hob die einjährige Aaltje auf den Kinderhochstuhl und sah zum wiederholten Mal auf die Uhr. Sie verstand gar nicht, wo Henning blieb. Der Delikatessenladen hatte schon vor einer Stunde geschlossen. Auch wenn Henning der Chef war und in der Regel als Letzter den Laden verließ, war er mehr als überfällig.

Vor zwei Stunden war ihre Mutter wieder nach Hause gegangen. Aaltjes Oma richtete es immer so ein, dass sie ihrem Schwiegersohn nicht begegnete. Livia fand das albern, denn auch ihrer Mutter war durch Hennings Heiratsantrag viel Häme wegen der unehelichen Schwangerschaft ihrer Tochter erspart geblieben.

In einem kleinen Topf wärmte Livia das Essen für ihre Tochter auf, befüllte damit den Babyteller mit den kleinen Elefanten und fütterte das Kind. Das kleine Mädchen aß den Möhren-Kartoffel-Brei mit Appetit, während Livia immer nervöser wurde.

Schon als junge Frau hatte sie gewusst, nein, mehr erahnt, dass Henning etwas für sie übrighatte. Das hatte ihr sehr geschmeichelt, sie aber nicht davon abgehalten, sich noch mehr an Jens zu binden, der sie nicht gerade liebevoll behandelt hatte. Erst bei Gernod hatte sie sich am Ziel ihrer Wünsche gesehen, jedoch war dieser Traum jäh zerbrochen.

Während der ganzen Schwangerschaft hatte sie sich zu Hause verkrochen und nur spät abends, wenn die Insulaner und Gäste längst schliefen, war sie zum Strand gelaufen und hatte die raue Nachtluft tief ein- und ausgeatmet. Wie eine Ertrinkende hatte sie nach der salzhaltigen Meeresluft geschnappt und dabei die Arme weit ausgebreitet.

Ihre Hochzeit mit Henning Mansen erlebte sie als einen unbedeutenden bürokratischen Akt, den sie nur mit Mühe überstanden hatte. Ihr Ehemann hatte zwei Wochen später ganz ohne Rücksprache mit ihr ein Haus gemietet und sie mitsamt ihrer persönlichen Habe dorthin gebracht.

Während sie in den Wehen lag und die Hebamme im fünfminütigen Abstand die Herztöne mithilfe eines langen Holzrohrs überprüfte, hatte sich Henning lieber im Inselkrug aufgehalten und das kommende Ereignis feuchtfröhlich gefeiert.

Die Geburt ihrer Tochter war die Hölle, die nach ihrer Erinnerung stundenlang angedauert hatte. Livia schwor sich, dass ihre Tochter ihr einziges Kind bleiben würde. Dieses Versprechen würde sie mit Leichtigkeit einhalten können, denn mit Henning teilte sie den Tisch, aber nicht das Bett.

Mit ihren kleinen Händen patschte Aaltje in den Brei und verteilte ihn auf ihrem Lätzchen. »Du kleiner Schmutzfink«, lächelte Livia und nahm ihre Tochter hoch. »Am besten stecke ich dich in die Badewanne.«

Während das Kind in der Wanne seine Gummiente unter Wasser drückte, hörte Livia unten die Haustür aufgehen. Dem unsicheren Schritt ihres Ehemannes nach zu urteilen, hatte er wieder einige Schnäpse in der Kneipe zu sich genommen.

»Komm, Aaltje, es ist Zeit.« Sie nahm ein großes Badetuch und klemmte es sich unter das Kinn. Mit beiden Händen hob sie ihre Tochter aus dem Wasser, umwickelte sie mit dem Handtuch und setzte sich auf einen kleinen Hocker. Munter brabbelte das Kind vor sich hin, während seine Mutter angestrengt nach unten lauschte.

Müde rieb sich Aaltje die Augen und riss ihren kleinen Kindermund gähnend weit auf. Livia zog ihr eine frische Windel und einen Schlafanzug an. Leise summend trug sie das Kind in den schmalen Raum, der neben ihrem eigenen Schlafzimmer lag. Henning bewohnte das große Zimmer Richtung Straße, damit er möglichst selten von etwaigem nächtlichen Kindergeschrei geweckt wurde.

Die kleine Aaltje war schon eingeschlafen, noch ehe ihre Mutter sie zugedeckt hatte. Zur Sicherheit blieb Livia noch eine Weile am Bett stehen und lauschte den tiefen Atemzügen ihrer Tochter.

Auf Zehenspitzen stieg sie die knarrende Holztreppe nach unten und sah sich suchend nach Henning um. Sie fand ihn schließlich vor der Gästetoilette. Sein Kopf lag in einer Pfütze von Erbrochenem. Angewidert drehte sie sich um und schloss die Tür hinter sich.

## 10. Kapitel

»Wer will noch?«, rief Hinrich Hoogestraat und hielt fragend die Pfanne in die Höhe. »Einen hätte ich noch.«

»Nee, Hinrich«, stöhnte Hanna-Eva und hielt sich den Bauch. »In meinem ganzen Leben habe ich noch nie so viele Pfannkuchen hintereinander gegessen.«

»Ich habe es dir doch gesagt, Hinrich macht die besten Pfannkuchen dieser Welt.« Janneke legte ihr Besteck hin. »Ich streiche auch die Segel.«

Hinrich schob sich den letzten Pfannkuchen auf seinen Teller. »Ganz wie ihr wollt«, grinste er, »dann esse ich den eben auch noch.«

Janneke und Hanna-Eva lachten.

»So, ihr Lieben, ich glaube, ich lege mich lang«, stöhnte Hinrich. »Den ganzen Tag bin ich am Strand rumgelaufen und der Wind hat meine wenigen Haare durchwühlt. Meine Füße sind platt.«

Hanna-Eva stellte das Geschirr in die Spüle. »Hat noch jemand Lust auf Tee?«

Janneke und Hinrich nickten. »Wenn du schon so fragst ... Hast du dazu noch einen Schnaps?«, meinte Hinrich und rieb sich den Bauch.

»Klar, Sanddorn- oder Kräuterschnaps?«

Hinrich überlegte kurz. »Lieber Kräuterschnaps, das hört sich gesünder an.« Grinsend sah er die beiden Frauen an.

»Und du bist wieder auf Ermittlertour?«, wollte Jannekes Onkel von seiner Nichte wissen, als sie alle beim Tee saßen.

»Gezwungenermaßen, ich konnte gar nicht anders«, verteidigte sich Janneke. »Wie hätte ich diesen Fall ignorieren sollen?«

Hanna-Eva nickte. »Da muss ich Janneke recht geben. Wir alle können diese schreckliche Tat nicht ignorieren. Die ganze Insel ist wie gelähmt. Wir haben uns sehr bemüht, damit die Gäste nicht so viel mitbekommen.«

Hinrich wiegte seinen Kopf bedächtig hin und her. »Und die Polizei hat niemanden im Verdacht?« Er hob das kleine Schnapsgläschen und leerte es in einem Zug. »Wahrscheinlich ist der Übeltäter sofort zum Festland geflüchtet.«

»Das ist anzunehmen«, pflichtete Janneke ihrem Onkel bei. »Aber bevor die Toten entdeckt wurden, war eine Fähre schon weg. An diesem Morgen hat natürlich niemand darauf geachtet, wer an Bord ist.«

»Zudem sich ja schon viele Feriengäste auf der Insel befinden«, ergänzte Hanna-Eva. »Da sind die Fähren meist sehr voll.«

»Obwohl ...«, begann Janneke und starrte auf ihre Teetasse. »Obwohl das vielleicht ein Denkfehler ist. Am Ende ist unsere Annahme, dass sich der Täter aufs Festland abgesetzt hat, total falsch.« Aufgeregt klopfte sie mit ihren Fingern auf den Tisch. »Es kann doch auch jemand von der Insel sein, oder? Das bringt mich zu der Frage: Wer hatte von den Insulanern ein Motiv, Henning und Livia zu töten?«

Hanna-Eva öffnete den Mund, ohne etwas zu sagen.

»Soviel ich weiß, leben hier nur ein paar hundert Menschen, aber Streit gibt es doch bestimmt auch unter den Insulanern«, überlegte Hinrich und sah Hanna-Eva an.

»Natürlich«, bestätigte die Pensionswirtin. »Wie ich gehört habe, hat Henning mit seiner Frau viel gestritten und war auch sonst einer, der keinem Streit aus dem Weg ging. Zumindest früher, als er noch ein bisschen flotter war.«

»Wer hat das denn erzählt?«, fragte Janneke nach.

»Der Azubi vom Delikatessengeschäft hat das erzählt«, erwiderte Hanna-Eva. »Henning war ja nach wie vor der Eigentümer des Delikatessenladens und hat ihn nur verpachtet. Er ließ sich jeden zweiten Tag Lebensmittel ins Haus bringen. Sehr oft hat er sich am Telefon bei seiner Bestellung ungenau ausgedrückt und prompt hat man ihm das Falsche gebracht. Dem Azubi hat er bei einer der Lieferungen deshalb eine Banane an den Kopf geworfen. Er soll ordentlich nach Alkohol gerochen haben.«

»Das war nicht gerade höflich«, urteilte Janneke. »Wer kommt denn sonst noch infrage?«

Nachdenklich sah Hanna-Eva auf die Teekanne. »Also wenn ihr mich fragt, gibt es eine Menge Leute, denen Henning im Laufe seines Lebens auf den Schlips getreten ist.«

Hinrich hob sein leeres Schnapsglas hoch und hielt es Hanna-Eva hin, die es sofort wieder füllte. »Na dann, prost«, grinste sie.

»Danke«, sagte Hinrich, hob das Gläschen und leerte es in einem Zug. »Jetzt ist es aber genug.« Mit einer heftigen Bewegung stellte er das Glas ab. »Aber auch wenn dieser Henning ein Stinkstiefel war, warum hat man dann seine Frau ermordet?«

Hanna-Eva nickte. »Stimmt. Livia war auch ein Besen und konnte sehr rechthaberisch sein, aber dass jemand sie deshalb tötet? Also, ich weiß nicht.«

»Eine Tat im Affekt kann es auch nicht gewesen sein«, überlegte Janneke weiter. »Niemand führt einen manipulierten Elektroschocker ohne Grund mit sich.«

»Das kann ich mir auch nicht vorstellen«, meinte Jannekes Cousine und räumte das Teegeschirr vom Tisch.

Mit weit ausgestreckten Beinen, die Hände hinter dem Kopf verschränkt, saß Hinrich da und starrte ins Leere.

»Geh ins Bett, Hinrich. Du bist ja total platt.«

»Du hast recht.« Hinrich setzte sich gerade hin. »Wenn der Mörder nicht mit der Fähre das Weite gesucht hat, dann wisst ihr aber schon, was das zu bedeuten hat?«

»Was meinst du?« Fragend sah Janneke ihren Onkel an.

»Das bedeutet, dass der Täter noch immer hier auf der Insel ist und wir ihm oder ihr hier auf Spiekeroog vielleicht täglich begegnen.«

Vor Schreck ließ Hanna-Eva eine Tasse ins Spülbecken fallen, die in zwei Teile zerbrach. »Da wäre mir die Variante mit der Fähre aber lieber.« Sie schüttelte sich. »Wenn ich daran denke, es könnte der Mann oder die Frau sein, die neben mir beim Bäcker steht und Brot kauft. Ein schrecklicher Gedanke.«

»Jetzt mal nicht den Teufel an die Wand, Hinrich. Hanna- Eva kann vor lauter Angst heute Nacht nicht schlafen«, bat Janneke ihren Onkel. »Ich denke, dass ...« Erschrocken griff sie zu ihrem Telefon, welches in ihrer Jackentasche vibrierte. »Ich geh mal schnell ran. Das ist Fokke.«

»Moin Fokke.«

»Kannst du schnell kommen? Livias Tochter ist vor zwanzig Minuten hier in der Polizeistation aufgetaucht.«

***

Aaltje Martínez war eine große blonde Frau mit herben Gesichtszügen. Janneke, die völlig atemlos das Büro der Polizei betreten hatte, begrüßte Livias Tochter und stellte sich vor. »Mein Name ist Janneke Hoogestraat. Ich bin zufällig in die Ermittlungen mit hereingerutscht.«

Frau Martínez reichte ihr die Hand. »Frau Hoogestraat, Sie wohnen aber nicht auf der Insel?«

Aaltje saß vor Fokkes Schreibtisch, während Janneke auf einem Hocker neben dem Fenster Platz genommen hatte.

Janneke hatte den Blick der Frau zu ihren hochhackigen Schuhen bemerkt. »Nein, ich bin hier nur zur Aushilfe, wenn man das so sagen kann. Kurz vor meiner Ankunft ist das Unglück mit Ihren Eltern passiert.«

»Wo wohnen Sie denn, Frau Martínez?« Fokke hatte ebenfalls Platz genommen. »Ich freue mich, dass Sie doch schon früher kommen konnten.«

»Wir können uns ruhig duzen, Fokke. Schließlich kennen wir uns von früher.« Nervös nestelte sie an der Schnalle ihres kleinen Lederrucksacks herum. »Wir kamen mit unserer Arbeit in Südamerika doch schneller voran, als ich dachte.«

»Okay, Aaltje. Ich hatte dir ja schon in groben Umrissen den Fall erläutert. Es wäre schön, wenn du uns noch ein paar Angaben machen könntest.«

»Was wollt ihr wissen?« Aaltje blickte ratlos zu Janneke.

»Woher haben Sie denn Ihren südländischen Namen?«, fragte Janneke und hoffte, dass diese Frage die Frau lockerer werden ließ.

»Ich war mal mit einem Mexikaner verheiratet.« Um ihren Mund machte sich ein bitterer Zug bemerkbar. »Wir sind schon lange geschieden.«

»Wann bist du denn von der Insel endgültig weg?«, wollte Fokke wissen, der ebenso wie Janneke bemerkt hatte, dass der Mexikaner kein gutes Gesprächsthema war.

»Das ist schon eine Ewigkeit her. Ich habe auf dem Festland mein Abitur gemacht und gleich anschließend in Wien Meeresbiologie studiert.«

»So weit weg?« Janneke war erstaunt.

»Ja, ich wollte möglichst weit weg von meinen Eltern.«

Fokke nickte. »Da war ja Wien der richtige Ort. Hast du denn nie deine Eltern besucht? Zum Beispiel, um ihnen deinen Mann vorzustellen?«

»Nein, das wollte ich nicht. Hin und wieder habe ich eine Karte von meiner Mutter bekommen mit nichtssagenden Worten. Das war alles. Von meinem Vater ... genau genommen war er ja mein Stiefvater, habe ich nie etwas gehört oder gesehen.«

»Sie wussten, dass Henning Mansen nicht Ihr leiblicher Vater ist?«, fragte Janneke nach.

Frau Martínez nickte. »Ich wusste es, seit ich zehn Jahre alt war.«

»Haben deine Eltern dir das erzählt?« Fokke wunderte sich immer noch, dass solche Geheimnisse auf der Insel früher nie thematisiert worden waren. Alle hatten es gewusst, keiner etwas gesagt. Jetzt gab es eine neue Generation auf der Insel, die von der Vergangenheit keine Ahnung hatte.

Aaltje schüttelte den Kopf. »Meine Eltern?« Sie lachte verbittert auf. »Meine Mutter hat es mir nie gesagt. Es war meine Freundin Hilke, die mir das auf dem Schulhof an den Kopf geworfen hatte. Sie hatte am Tag vorher ihre Tante und ihre Großmutter belauscht, die sich darüber unterhalten hatten.«

»Das ist aber schlimm«, sagte Janneke mitfühlend. »Haben Sie denn Ihre Mutter darauf angesprochen?«

Livias Tochter nickte und ihre Augen füllten sich mit Tränen. »Ja, das habe ich. Als Antwort bekam ich eine Ohrfeige mit dem Hinweis, dass mich das nichts angeht.«

Fokke sah unsicher auf seine Schreibtischunterlage. Wenn Frauen in Tränen ausbrachen, war ihm das sehr peinlich. Janneke bemerkte Fokkes Unbehagen und führte die Unterhaltung fort.

»War das der Grund, dass Sie Abstand zu Ihrer Mutter und deren Mann gehalten haben?«

Die Frau hatte sich gefasst. »Nein, das nicht, obwohl es mir den Boden unter den Füßen weggerissen hatte.« Sie flüsterte jetzt. »Aber da gab es noch ein Geheimnis. Ich habe es genau gespürt. Dies war auch der Grund für die Entfremdung von meinen Eltern.«

»Hat es denn Streit gegeben zwischen Ihrer Mutter und Ihrem Stiefvater?«

»Streit gab es oft. Meine Mutter war sehr resolut und hat sich nichts sagen lassen«, erzählte Livias Tochter weiter. »Was ich gemacht habe oder welche Freunde ich hatte, hat sie nicht wirklich interessiert.«

»Und das Geheimnis?«

»Das war nicht der laute Streit, sondern die stummen Anklagen und die heimlich geflüsterten Worte zwischen den beiden, die voller Hass waren. Ich sollte das alles nicht hören, aber manchmal bekam ich doch etwas mit. Das Gesicht meiner Mutter war dann wie versteinert und mein Vater ... also, ihr Mann ist jedes Mal aus dem Haus gerannt und wir haben ihn stundenlang nicht zu Gesicht bekommen.«

Janneke wusste, dass auch unausgesprochene Worte die Atmosphäre einer ganzen Kindheit zerstören konnten.

## 11. Kapitel – 1978

Er war es leid, sich dauernd die Vorwürfe seiner Frau anhören zu müssen, dabei hatte er das alles nur für sie getan. Wütend saß Henning Mansen im Büro seines Delikatessengeschäfts und schlug mit einem Kugelschreiber auf die Schreibtischkante.

Schon früher hatte ihn Livia fasziniert, wenn sie an den Wochenenden das Tanzbein geschwungen hatte. Gerne wäre er mehr für sie gewesen als nur der gute Freund, der sie nach Hause begleitete. Diesen Jens hätte er am liebsten in die Wüste geschickt. Er hatte nie verstanden, was Livia an dem Kotzbrocken fand. Und dieser Gernod aus Bayern war auch nicht besser gewesen.

Die Bürotür öffnete sich und Frau Tjarden steckte den Kopf herein. »Chef, die haben schon wieder die falsche Butter geschickt.«

»Es ist zum Kotzen. Lassen Sie alles eingepackt, ich rufe gleich auf dem Festland an.«

Während er die Nummer des Lieferanten heraussuchte, schob sich immer wieder das Bild der jungen Livia vor seine Augen. Wenn er an die heutige Livia dachte, musste er zu seinem Bedauern feststellen, dass sie all ihren Liebreiz und jegliche Anmut verloren hatte. Und die frühere Keckheit, die ihn damals in ihren Bann gezogen hatte, hatte sich im Laufe der Jahre zu einem unangenehmen Gekeife gewandelt.

Schwungvoll drehte er die Wählscheibe seines Telefons und hatte nach dem dritten Klingeln den Teilnehmer aus Bremen dran.

»Moin Herr Akkermann, wir hatten die Friesenbutter bestellt. Sie haben uns aber die Landbutter geschickt. Die Gäste legen Wert auf friesische Sachen, müssen Sie wissen. Landbutter gibt es auf dem Festland genug.«

Nach ein paar Minuten legte der Inhaber des Delikatessenladens auf, denn man hatte ihm versprochen, noch heute das Gewünschte auf den Weg zu schicken.

Seit sich sein Vater aus dem Tagesgeschäft zurückgezogen hatte, merkte Henning, wie ihn die häusliche Situation immer mehr belastete.

Aaltje war ein liebes, nettes Kind, das aufs Wort gehorchte. Livia aber war streng wie ein Gefängniswärter und auch ihm gegenüber unerbittlich. Immer wieder fragte er sich, ob er im Herbst vor über zehn Jahren richtig gehandelt hatte, indem er Livia um ihre Hand gebeten hatte.

In seinem Hinterkopf geisterte immer wieder ein Gedanke herum. War es möglich diese Ehe, die nie vollzogen worden war, annullieren zu lassen? Aber was wäre die Konsequenz? Er wäre zwar nicht mehr mit dieser eiskalten Frau verheiratet, aber würde sich der Häme seiner Mitmenschen aussetzen. Und die Insel zu verlassen, war für ihn keine Option.

Müde lehnte er sich zurück und dachte mit Unbehagen an die Szene vor zwei Wochen. Aaltje hatte ihre Mutter zur Rede gestellt, weil eine Klassenkameradin ihr auf unschöne Weise mitgeteilt hatte, dass er nur der Ziehvater des Kindes war. Und was hatte seine Frau getan? Anstatt ihre Tochter in den Arm zu nehmen und ihr die Sachlage möglichst kindgerecht nahezubringen, hatte sie ihr eine heftige Ohrfeige verpasst.

Es gab so vieles in seinem Leben, das er bitter bereute, und er hoffte, das Schicksal würde ihm einen Weg zeigen, wie er aus diesem ganzen Schlamassel herauskommen könnte.

## 12. Kapitel

Piet Hasebourg zog mit schmerzverzerrtem Gesicht seine Posttasche hoch. Noch in hundert Jahren konnte er nicht begreifen, warum sich Gäste, die hier auf der Insel ihre Ferien verbrachten, die Post nachschicken ließen. Die Rechnungen konnten sie doch gut und gerne kontrollieren, wenn sie aus dem Urlaub wieder zu Hause waren. Und für belangloses Geplänkel gab es schließlich Mails.

Außerdem war für ihn in der Saison die ganze Ruhe auf Spiekeroog dahin. Er war gezwungen, sich mit der schweren Tasche über die Insel zu bewegen. Im Winter hingegen war es eine Wonne. Die Tasche war leicht und die Türen der Insulaner öffneten sich bereitwillig, um ihn zu einer Tasse Tee, einem Klönschnack oder auch zu etwas Hochprozentigem einzuladen. Das mit dem Schnaps allerdings hatte er sich schon seit Langem verkniffen, denn sein Arzt hatte seine Leber als marode Chemiefabrik bezeichnet, die bald den Schornstein dicht machen würde. Diese Äußerung hatte Piet doch sehr geängstigt und somit genoss er die Gastfreundschaft seiner Kunden ohne Schnaps.

Langsam lief er am Haus von Henning und Livia Mansen vorbei. Er ließ seine Tasche heruntergleiten und setzte sich auf eine Bank direkt gegenüber. Mit einem großen Stofftaschentuch wischte er sich den Schweiß von der Stirn und betrachtete das Haus der Toten. Wer es nicht besser wusste, konnte annehmen, dass dort eine Familie ihrem gewohnten Leben nachging. Im Vorgarten wuchs Dünengras, welches keine Pflege benötigte. Ein paar Lorbeerbüsche schirmten das Grundstück nach hinten ab. Es gab weder Blumenkästen noch irgendwelche Zierpflanzen. Piet erinnerte sich daran, dass er Livia mal gefragt hatte, warum sie keine Geranien oder Ähnliches in Kübeln vor hier Haus stellte. Sie hatte nur geantwortet, dass das gar keinen Sinn machte, denn nach dem ersten heftigen Windstoß seien alle Blüten weg. Also konnte man das auch ganz lassen.

Aus dem Seitenfach seiner Tasche zog Piet eine kleine Flasche Wasser hervor und trank mit gierigen Schlucken. Er kam zu dem Schluss, dass das Haus des Ehepaars Mansen schon immer eine gewisse Traurigkeit ausgestrahlt hatte. Er fragte sich ernsthaft, ob die Borstigkeit und Streitlust der Bewohner durch die Mauern hindurch nach außen strahlten. So ein Quatsch, dachte er im gleichen Moment und steckte die Flasche wieder weg.

Manchmal hatte er in der Nähe des Hauses einen Mann beobachtet, der augenscheinlich an dem Haus interessiert war. Piet konnte sich vorstellen, dass es sich um einen Urlauber gehandelt hatte, der sich gerne auf der Insel ein Ferienhaus zulegen wollte und nun die Gebäude betrachtete.

Im Inselkrug hatte Piet davon gesprochen, und sein Kollege Frerk hatte ihn sofort um eine Personenbeschreibung des Hausbeobachters gebeten. »Schließlich sind bei uns zwei Morde geschehen. Da muss man auf alles achten.«

»Dazu kann ich nix sagen«, hatte Piet geantwortet. »Der Mann trug eine Schirmmütze, die den oberen Teil seines Gesichtes verdeckt hat«, hatte Piet geantwortet. »Und nicht jeder, der über die Insel lustwandelt, ist ein Mörder.«

Er wusste von vielen Nachbarn, dass sie seit diesem einschneidenden Ereignis jeden Fremden argwöhnisch beobachteten. Denn zu wissen, dass zwei Menschen so grauenvoll ihr Leben lassen mussten und man den Täter noch nicht dingfest machen konnte, beunruhigte die Insulaner doch sehr.

Auch Piet schloss seitdem seine Haustür nachts zweimal ab, obwohl er in seinen bisherigen fünfzig Lebensjahren kein ängstlicher Mensch gewesen war. Aber sicher war sicher.

***

Bärbel stand vor dem Frühstücksbuffet in der Pension und füllte die Käseplatte auf. Gestern waren fünf neue Pensionsgäste angekommen. Es dauerte immer ein wenig, bis sich alle an die örtlichen Gegebenheiten gewöhnt hatten. Auch für die Gastgeber war jeder Urlauber eine neue Herausforderung, waren sie doch bemüht, jeden einzelnen Gast, soweit es möglich war, zufriedenzustellen.

Bärbel hatte schon die erste Hürde genommen und einer jungen Frau aus Frankfurt eine Salatplatte zum Frühstück bereitet, da die Hessin sich ausschließlich vegan ernährte.

»Kannst du dir das vorstellen?«, schüttelte Bärbel den Kopf, als sie zu Janneke in die Küche kam. »Keine Wurst, kein Käse ... nix. Alles, was schmeckt, ist verboten.«

»Deshalb sind alle Leute spindeldürr, die sich nur von dem Grünfutter ernähren«, sagte Hinrich, der gerade eingetreten war.

»Ich habe mal zu diesem Thema recherchiert«, meinte Janneke. »Es ist gar nicht so einfach, das durchzuhalten. Viele nehmen noch Nahrungsergänzungsmittel, damit alle Spurenelemente abgedeckt sind.«

»Nee, das wäre nix für mich«, maulte Hinrich. »In meinem Alter ist das Essen sowieso eine der letzten Freuden des Lebens.« Grinsend sah er seine Nichte und die junge Haushaltshilfe an.

»Mensch Hinrich, jetzt tu doch nicht so, als ob du keine Freude mehr hättest.« Janneke nahm ihren Onkel am Arm und schob ihn zum Küchentisch. »Jetzt setz dich und ich hole dir eine schöne Portion Rührei.«

»Das ist mal eine Maßnahme«, freute sich Hinrich Hoogestraat und nahm auf der blauen Friesenbank Platz. Kurz darauf stellte Janneke eine herrlich duftende Portion Eier vor ihn hin. »Lass es dir schmecken.«

Sie ging zum Herd, schlug zehn Eier auf und bereitete noch einmal frische Rühreier zu, die sie anschließend in der blauen Schüssel zum Büfett trug. Der stille Herr Gebert vom

Fenstertisch stand vor der Kaffeemaschine und drückte auf den Knopf für Milchkaffee.

»Klappt es nicht?«, fragte Janneke nach, als sie sein ratloses Gesicht sah. Es war das erste Mal, dass sie ihn aus solch geringer Distanz betrachten konnte. Er war blass, seine Haut war großporig und er stand leicht gebückt. Er wirkte verbittert.

»Irgendwie will das Ding nicht«, murmelte er und drückte erneut auf den Knopf.

Seine Stimme klang fremd. Kein Wunder, dachte sie. Außer Bitte und Danke sprach er fast nie ein Wort, sondern lief den ganzen Tag alleine über die Insel.

»Warten Sie.« Geschickt hantierte sie an der Maschine, als hätte sie in ihrem ganzen Leben noch nie etwas anderes gemacht. »Sehen Sie, jetzt geht es.«

»Danke, das ist nett von Ihnen.«

»Mögen Sie vielleicht ein bisschen von dem frischen Rührei?«

Er nickte und nahm seine gefüllte Kaffeetasse. »Ich bringe das erst mal zu meinem Tisch. Zwei Sachen kann ich schlecht tragen.« Er hob zur Erklärung seine daumenlose rechte Hand.

»Ich bringe Ihnen den Teller gleich«, versprach Janneke. Sie hatte das mit dem fehlenden Daumen ganz vergessen. Es fiel im Alltag und auf den ersten Blick nicht weiter auf. Sie füllte eine ordentliche Portion auf einen Teller und stellte ihn mit einem »Guten Appetit« vor dem Gast hin.

Hinrich wischte mit einem Stück Weißbrot den letzten Rest des Eis vom Teller und leckte sich genüsslich die Lippen. »Ich freue mich, dass du die Wonnen der Kochkunst für dich entdeckt hast«, meinte er und sah seine Nichte an, die nachdenklich an der Spüle lehnte. Sie dachte an den Protagonisten in ihrem aktuellen Manuskript und überlegte, ob es zur Geschichte passen würde, wenn sie ihren Helden eine Beinamputation durchleiden lassen würde.

»Janneke?«

Sie schreckte auf. »Was hast du gesagt?«

»Ich freue mich, dass du die Kochkunst für dich entdeckt hast.«

»Was? Nein, da muss ich dich enttäuschen. Hier in der Pension macht mir das Spaß, aber zu Hause ...?« Entschlossen schüttelte sie den Kopf. »Mach du das nur weiter. Ich glaube nicht ...«

Hanna-Eva kam herein und unterbrach sie. »Moin Hinrich.« Sie sah ihre Cousine an. »Fokke hat angerufen. Er hat dich auf dem Handy nicht erreicht.«

»Das liegt noch in meinem Zimmer. Was wollte er denn?«

Die Pensionswirtin zuckte mit den Schultern. »Keine Ahnung. Er hat nur gesagt, dass er in einer halben Stunde hier ist und mit dir irgendwo hingehen will.« Sie grinste schelmisch.

»Was du nur immer denkst«, entgegnete Janneke und hoffte, dass sie nicht rot wurde. Sie musste sich eingestehen, dass sie sich in Gegenwart des jungen Polizisten sehr wohlfühlte.

»Also ich laufe dann mal los«, verkündete Hinrich. »Und heute Abend koche ich euch was Feines.« Er zog den Bund seiner Cordhose etwas nach oben und schwirrte ab.

»Dann will ich mich mal beeilen«, meinte Janneke und half Bärbel, das Büffet und die Tische abzuräumen.

»Bärbel, sag mal, der Professor: Wie lange ist er schon Gast hier bei euch?«

Sie überlegte kurz. »Schon eine ganze Weile. Sechs oder sieben Wochen, denke ich. Er war in den vergangenen zwei Jahren oft hier, immer für eine längere Zeit. Hanna-Eva kommt Stammgästen und denen mit langer Mietdauer immer etwas im Preis entgegen. Letzten Winter hatten wir eine Dame aus Bremen zu Gast, die blieb sage und schreibe drei Monate bei uns.«

»Wahrscheinlich hat es ihr bei euch so gut gefallen.« Janneke schloss die Spülmaschine und stellte sie an. Wie aufs Stichwort kam Fokke herein. »Moin die Damen«, grinste er.

»Moin Fokke.« Bärbel stellte einen Stapel Teller in den Schrank. »Geh nur, Janneke, ich mache den Rest. Ist ja nicht mehr viel.«

»Danke, Bärbel.« Sie sah Fokke an. »Und was willst du mir zeigen?«, fragte Janneke den Polizisten. »Jetzt bin ich aber neugierig.«

»Wir gehen jetzt in das Haus von Livia und Henning Mansen.«

»Und Aaltje?«

Er schüttelte den Kopf. »Sie lehnt es ab, das Haus zu betreten. Sie hat gesagt, wir sollten alleine gehen. Ich habe ja den Schlüssel.«

»Na dann, lass uns gehen.«

Janneke bemühte sich, auf ihren High Heels mit Fokke Schritt zu halten. Nach wenigen Gehminuten hatten sie das Haus erreicht.

»Irgendwie unheimlich. Wenn ich mir vorstelle, ein älteres Ehepaar lebt dort gemütlich seinen Alltag und dann kommt jemand und bringt sie um.« Janneke lehnte sich an die Gartenpforte und schaute sich um.

Fokke nickte. »Es muss ja etwas geben, was die Tat begründet hat. Es sieht nicht danach aus, als wären Livia und Henning Zufallsopfer gewesen.«

»Ihre Tochter hat ja auch von einem Geheimnis gesprochen. Was könnte das sein?«

»Wir könnten meine Tante noch mal befragen. Vielleicht hat sie eine Idee«, schlug Fokke vor.

»Das machen wir, aber erst gehen wir mal rein.« Sie deutete zur Haustür.

Fokke öffnete die Tür. »Die Spurensicherung hat ihre Arbeit längst beendet. Wir können uns also frei bewegen.« Die Luft im Haus war abgestanden. Es roch nach Schimmel und Staub, da hier niemand gelüftet hatte.

»Was will die Tochter von Livia mit dem Haus machen?«, wollte Janneke wissen.

»Aaltje will alles von einer Firma ausräumen lassen und das Haus dann verkaufen.«

»Will sie kein Erinnerungsstück haben? Schließlich waren es ihre Eltern.«

»Das habe ich ihr auch vorgeschlagen. Aber sie ist bald ausgetickt. Ich will nichts haben aus diesem Irrenhaus, hat sie gesagt.« Fokke betätigte den Lichtschalter. »Strom ist schon abgestellt.«

»Es ist ja noch hell. Komm, wir sehen uns mal um«, schlug Janneke vor und durchquerte den Flur. »Hältst du es für möglich, dass Aaltje unbemerkt auf der Insel gewesen ist und ihre Eltern ermordet hat? Aber warum sollte sie das getan haben?«

»Theoretisch wäre das möglich«, meinte Fokke. »Es kommen viele Gäste zur Insel. Es ist gut möglich, dass sie unerkannt geblieben ist.«

Fast schleichend betrat Janneke das Wohnzimmer. »Sie hasst ihre Eltern.«

»Ihre Mutter und deren Mann«, stellte Fokke richtig.

»Meinetwegen. Aus welchem Grund sollte sie nach all den Jahren zurückkommen, um zu töten?« Mit ihrem Zeigefinger fuhr Janneke über eine alte Vitrine aus Kirschholz, die total verstaubt war.

»Eventuell ist etwas geschehen, was sie gerade zu diesem Zeitpunkt veranlasst hat zu töten.« Fokke sah entgeistert auf all das Gerümpel in dem Raum. Zeitungen und Bücher stapelten sich an den Wänden, Herzen aus Glas und verschiedene Windspiele hingen in den Fenstern. Alle Wände waren bis in die letzte Ecke mit Bildern und Fotos bestückt. »Wer könnte ein Motiv haben, Livia und Henning das anzutun?«

Janneke war seinem Blick gefolgt. »Wenn wir das wüssten.« Langsam ging sie an den Bildern vorbei und betrachtete sich die einzelnen Motive, soweit das bei der Vielzahl überhaupt möglich war. »Kann es sein, dass Eltern ihr Kind so sehr hassen, dass sie kein Foto des Kindes an der Wand dulden?«

»Was meinst du?« Fokke war neben sie getreten.

»Es gibt tatsächlich kein Bild von Aaltje. Zumindest kein Bild der erwachsenen Aaltje.« Fröstelnd hob Janneke ihre Schultern. Ihr war plötzlich kalt, obwohl die warme Junisonne durchs Fenster schien.

***

Es war eine Lüge gewesen, als Aaltje Fokke am Telefon gesagt hatte, dass sie unmöglich zur Beerdigung ihrer Mutter und ihres Stiefvaters kommen konnte. Sie lebte in Köln und hatte sich dort auch aufgehalten, was dank der Erfindung des Handys nicht weiter aufgefallen war. Den Hinweis, dass sie sich auf einer Forschungsreise im Ausland befand, hatte Fokke sofort geschluckt.

Gedankenverloren starrte Aaltje aus ihrem Hotelfenster auf die Dünenkette, hinter der der Strand lag. Als Kind war sie mit ihren Freundinnen auf den Wegen mit den Rollern um die Wette gefahren. Im Winter hatten sie als Segel große Tücher daran gebunden und versucht, sich durch den Wind vorantreiben zu lassen. Sie schloss kurz die Augen und spürte noch genau, an welchem Tag ihre Kindheit vorbei gewesen war. An jenem Tag hatte sie erfahren, dass ihre Mutter sie belogen und ihr vermeintlicher Vater das Spiel mitgespielt hatte.

Nicht für alles Geld der Welt hätte sie sich jetzt, Jahre später, das scheinheilige Getue bei der Beerdigung anhören können.

Aaltje hatte sich jetzt im Spiekerooger Dorfhotel eingemietet und wählte für ihre Spaziergänge die Wege, die sie von ihrem Elternhaus wegführten. Alles, was zu tun war, hatte sie erledigt und wartete nur noch darauf, dass das Haus leergeräumt wurde und sie dem Makler den Verkaufsauftrag geben konnte. Danach würde sie sofort abreisen und alles vergessen.

Der Geruch ihrer Mutter stieg bei dem Gedanken an ihre freudlose Kindheit sofort in ihre Nase. Sie wusste, dass es Einbildung war, denn nichts Vergleichbares befand sich in ihrer Nähe. Ihr Gehirn spielte ihr einen bösen Streich. Der süßliche Duft des Eau de Toilette war ihrer Mutter früher bei jedem Schritt vorausgeeilt. Man roch noch einige Zeit nach ihrer Anwesenheit, dass sie sich in dem Raum aufgehalten hatte. Ihr Vater, oder der Mann, den sie lange dafür gehalten hatte, hatte jedes Mal die Nase gerümpft und seine Frau aufgefordert, sich nicht so anzustänkern.

Mehrere Gäste liefen mit ihren Rollkoffern unter ihrem Fenster vorbei. Sie konnte die Vorfreude auf unbeschwerte Urlaubstage in den Gesichtern der Menschen sehen. Für sie war der sonst so idyllische Sandhaufen ein Ort der Trauer und Bösartigkeit. Aaltje konnte es gar nicht abwarten, die Insel zu verlassen.

***

»Die beiden haben wohl getrennt geschlafen.« Janneke deutete auf die beiden Schlafzimmer. »Das sieht so aus, als ob dies Henning Mansens Zimmer gewesen war.«

Das schwere, dunkle Holzbett nahm fast den ganzen Raum ein. Ein großer Kleiderschrank erstreckte sich über die ganze Wand und verdeckte zum Teil das Fenster.

»Das ist ein normales Eheschlafzimmer«, meinte Fokke. »Soweit ich das beurteilen kann. Das Bett ist groß genug für zwei.«

»Vielleicht ist Livia eines Tages einfach ausgezogen und hat es sich in einem eigenen Zimmer bequem gemacht.« Janneke betrat Livias Schlafzimmer, welches mit Kiefernholzmöbeln, die im Laufe der Jahre einen dunklen Honigton angenommen hatten, möbliert war. »Viel Wert auf ein schönes Ambiente hat sie wohl nicht gelegt.« Sie deutete auf die unterschiedlichen Tapeten, den alten grauen Korbtisch und die Vorhänge, die sich an mehreren Stellen aus den Gardinenringen gelöst hatten.

»Das hier war sicher Aaltjes Zimmer«, rief Fokke aus dem Nebenraum. »Es sieht so aus, als ob niemand nach dem Auszug der Tochter etwas geändert hat.«

»Die Blumentapeten waren damals supermodern.« Janneke strich leicht über die Wand. »Also, wenn du mich fragst, ist das ein schönes Haus, aber sehr ungepflegt«, urteilte die junge Frau. »Wir könnten noch mal in den diversen Schubladen nachsehen.«

»Gute Idee«, stimmte Fokke zu. »Guck du hier oben und ich sehe unten nach.«

»In Ordnung.« Zügig durchstreifte Janneke die Räume und öffnete jede Schublade. Sie erblickte Unterwäsche, ein paar Broschüren der verschiedensten Möbelhäuser auf dem Festland und eine Menge Krimskrams wie Haarnadeln, Nähgarn und Rätselhefte.

In Henning Mansens Schubladen stieß sie auf ein paar Holzschrauben, die sich zwischen den Unterhosen versteckten. In den Kleiderschränken hing ganz normale Kleidung, unten standen jeweils ein paar Schuhe.

In einem Wandschrank im Flur fand sie ein Bügelbrett und ein Bügeleisen, samt Sprühstärke. Frustriert schloss sie den Schrank. Was hatte Aaltje gemeint, als sie davon sprach, ihre Mutter und ihr Mann hätten ein Geheimnis gehabt?, überlegte Janneke.

Vorsichtig stieg sie die steile Holztreppe runter, was mit ihren hohen Absätzen nicht gerade leicht war. »Hast du was gefunden?« , rief sie und sah sich nach Fokke um.

»Nein«, grummelte er und blieb in der Küchentür stehen. »Alles ganz normaler Haushaltskram und Sachen, die jeder Mensch zum Leben braucht.«

»Es kann ja auch sein, dass Aaltje sich das mit dem Geheimnis nur eingebildet oder Gespräche falsch interpretiert hat.«

»So wird es wohl sein.« Fokke sah sich kurz um. »Ich glaub, hier sind wir durch. Wir können noch mal im Schuppen nachsehen.«

Auch dort befand sich nichts Besonderes. Zwei Fahrräder, die lange nicht benutzt worden waren, ein bisschen Werkzeug und eine Heckenschere.

»Ich bringe nachher den Schlüssel bei Aaltje vorbei.« Fokke schloss zweimal ab und steckte den Schlüssel ein. »Ich wollte bei Tante Greta vorbeischauen. Wir könnten sie fragen, ob sie noch etwas über Henning und Livia weiß.«

Janneke nickte erfreut, denn sie mochte die alte Dame. Außerdem war sie neugierig, was diese eventuell noch zu erzählen hatte.

Greta Visser saß im Wohnzimmer in ihrem Sessel und schlief, als die beiden durch die unverschlossene Haustür eintraten. Fokke berührte sie leicht an der Schulter. Sofort schlug Greta die Augen auf. »Mein Gott, Kinder. Jetzt bin ich aber erschrocken.«

»Geht's dir nicht gut?« Fokke ging in die Knie und nahm Gretas Hand.

»Mach dir keine Sorgen. Ich war heute Morgen bei einer Ausstellungseröffnung in der Kogge. Meine Nachbarin hat mich dahin geschleift.«

Janneke sah Fokke fragend an. »Das ist die Tourismusinformation«, erklärte er ihr. »Im Vorraum werden oft Bilder ausgestellt.«

»Das war wohl ein bisschen viel für mich«, stöhnte Greta. »Wir waren da auch nur, weil meine Nachbarin die Künstlerin kannte. Ich mach mir ja aus solchen Sachen nichts.«

»Ich könnte uns einen Tee machen«, schlug Janneke vor. »Langsam kenne ich mich ja hier schon aus.«

»Holen Sie lieber die Flasche Sanddornlikör aus dem Schrank, mein Kind. Ich könnte einen guten Schluck vertragen.«

Zehn Minuten später, Greta saß mit einem Kissen im Rücken aufrecht in ihrem Sessel und genoss das aromatische Getränk, berichtete Fokke von Aaltjes Vermutung, dass ihre Mutter und Henning ein Geheimnis gehabt hatten. »Das wäre gut zu wissen, was das war. Denn es könnte ja sein, dass es mit dem Tod von Livia und Henning zusammenhängt.«

Langsam schob Frau Visser eine graue Strähne aus ihrem Gesicht. »Da kann ich euch nicht weiterhelfen. Wenn ihr mich fragt, war das ganze Leben von Livia und Henning ein Geheimnis. Das fing schon damit an, dass sie aller Welt weismachen wollten, dass Henning und sie schon lange vor der Hochzeit ein Paar waren und dann, da das gemeinsame Kind unterwegs war, heirateten.« Greta tippte sich an die Stirn. »Die haben sich wohl eingebildet, dass die Leute vergessen haben, dass Livia mit einem anderen verlobt war. Livias Mutter hat das ja jedem erzählt, auch denen, die es nicht hören wollten. Also, wenn ihr mich fragt, wäre es besser gewesen, diese Hochzeit hätte nie stattgefunden.«

»Wie war denn der Alltag des Ehepaares? Wie sind sie miteinander umgegangen?« Janneke konnte sich vorstellen, dass die Menschen auf einer Insel nicht viel voreinander verbergen konnten.

»Ja, wie war der Alltag? Henning blieb immer länger in seinem Laden. Livia hat das immer öfter beklagt. Wir haben uns regelmäßig mit ein paar Freundinnen zum Tee getroffen. Da kamen solche Sache natürlich zur Sprache.« Greta stützte ihren Kopf in ihre Hand. »Ich weiß noch, dass Livia bei einem unserer Treffen mit halbstündiger Verspätung eintraf. Henning ist weg, hat sie gesagt. Und sie hätte keine Ahnung, wohin er verschwunden war.«

## 13. Kapitel – 1980

Die zwölfjährige Aaltje kniete im Garten unter dem geöffneten Wohnzimmerfenster ihres Elternhauses und lauschte dem Streit ihrer Eltern.

»Du bist echt das Letzte«, schrie ihre Mutter mit schriller Stimme. »Was glaubst du? Wie lange muss ich dir dankbar sein, dass du mich geheiratet hast?« Aaltje hörte, wie sie auf den Tisch schlug.

»Ich hätte dich und deine dämliche Mutter mal sehen wollen, wenn euch die Leute voller Häme angestarrt hätten. Du kannst dich noch gut daran erinnern, dass es vor nicht allzu langer Zeit eine Schande war, vor der Ehe Sex zu haben.« Hennings Stimme klang ruhig. »Durchtriebenes Luder, ja, genau so hätte man dich bezeichnet. Du hast also allen Grund, ein wenig zurückhaltender zu sein.«

Mit geballter Faust hockte Aaltje da und biss sich auf die Lippen. So oder so ähnlich spielte sich das fast wöchentlich ab, wobei die Wortwahl ein wenig variierte. Dass Henning nicht ihr leiblicher Vater war, hatte sie inzwischen einigermaßen verdaut. Lieber ein falscher Vater als gar keiner, fand sie. Im Grunde genommen wartete sie nur noch, bis sie in sechs Jahren volljährig würde, dann waren ihr die Insel, ihre Eltern und deren Streit egal.

»Mir gefällt das ganz und gar nicht, dass du dich immer mehr zurückziehst«, keifte Livia. »Schließlich sind wir eine Familie.«

Henning lachte höhnisch. »Familie? Dass ich nicht lache. Wo sind wir eine Familie? Wir sind eine miserable Mutter mit einem Kind und ein falscher Vater. Sonst nichts.«

Grell lachte Livia auf und Aaltje unter dem Fenster hielt sich die Ohren zu. »Meinst du, es hilft dir, wenn du länger in der Firma hockst, anstatt nach Hause zu kommen? Von den Kneipenbesuchen will ich gar nicht reden.«

»Meine Liebe.« Hennings Stimme klang gefährlich leise. »Wenn du so weitermachst, bin ich ganz weg. Weg von der Insel, weg von dir.«

»Und dein Geschäft? Willst du alles hinwerfen?«

»Das ist mir scheißegal.« Er stöhnte. »Wenn ich geahnt hätte, welcher Besen mal aus dir wird. Aus der netten, quirligen Livia, die so gerne tanzte, ist eine keifende Frau geworden.«

»Du kannst gar nicht weg«, sagte Livia mit eisiger Stimme. »Ich habe alles aufgeschrieben und an einem sicheren Platz versteckt. Wenn du mich hängen lässt, dann werde ich alles offenbaren. Wovon sollen Aaltje und ich leben, wenn du abhaust?«

Mit schweren Schritten war Henning zum Fenster gegangen und sah hinaus. Aaltje hatte sich flach auf den Boden gelegt und hoffte, dass er sie nicht sehen würde.

Mit immer heftiger werdenden Faustschlägen auf die Fensterbank ließ Henning seine Wut heraus. Zum Schluss klopfte er mit der flachen Hand an die Fensterscheibe, die leicht vibrierte. »Ich sage dir jetzt mal was. Du kannst mich mit deinem Wissen nicht unter Druck setzen, denn es wäre mir heute egal, wenn alle Welt davon wüsste.« Er lief auf seine Frau zu. »Tue dir keinen Zwang an«, brüllte er und Aaltje hörte, wie die Tür des Wohnzimmers heftig zuschlug.

Am nächsten Morgen saß ihre Mutter mit verheulten Augen am Frühstückstisch. Sie hatte nur für zwei gedeckt und das Kind wusste sofort, was das zu bedeuten hatte, wagte aber nicht zu fragen.

In den folgenden Wochen wurde die Laune ihrer Mutter immer mieser. Sie trank nachmittags Sekt, ging zu ihrem Frauenkränzchen und schlief abends vor dem Fernseher ein.

Als Aaltje vierzehn Tage später zum Frühstück in die Küche kam, saß Henning auf seinem Platz und alle taten so, als wäre nie etwas geschehen. Die Schülerin jedoch fragte sich, ob die Rückkehr ihres Stiefvaters ein gutes oder schlechtes Zeichen war.

## 14. Kapitel

Fünfzehn Kilometer endloser schöner Sandstrand, freute sich Janneke und ließ sich die frische Brise ins Gesicht wehen. Sie breitete die Arme aus und drehte sich einmal um sich selbst. Herrlich, hier könnte sie ewig bleiben, dachte sie. Na ja, zumindest eine Weile. In den fünf Wochen, die sie bis jetzt auf Spiekeroog verbracht hatte, war ihr die Insel nicht zu eng geworden.

Sie trug, der Not gehorchend, Turnschuhe, die mit kleinen Glasperlen versehen waren.

Voller Übermut ließ sie sich in den Sand plumpsen und schloss die Augen. Das Rauschen der Brandung hatte eine entspannende Wirkung. Alles wäre gut gewesen, wenn nicht dieser Doppelmord geschehen wäre. Der tauchte alles in ein düsteres Licht.

Sie dachte an den Nachmittag, als sie mit Fokke im Haus des Ehepaares Mansen gewesen war, und es fuchste sie, dass es überhaupt keinen Hinweis darauf gab, wer für den Tod des älteren Ehepaars verantwortlich war. Ich verlasse nicht eher die Insel, bis ich etwas herausgefunden habe, versprach sie sich selbst. Im nächsten Moment wurde ihr klar, dass dies Monate dauern könnte. Wäre sie in der Lage, zumindest theoretisch, es so lange auf einer Nordseeinsel auszuhalten? Spiekeroog war herrlich idyllisch und gefiel ihr gut. Außerdem gab es hier ja noch Hanna-Eva und Fokke. Aber trotzdem, das Inselleben verlangte den Menschen so einiges ab, vor allem im Winter.

Hinrich hatte sich in den paar Tagen, in denen er hier war, großartig eingelebt. Er hatte schon die Spülmaschine in der Pension repariert, Hanna-Evas Föhn auseinandergenommen und die Insel erkundet. Amdorf und ihr Zuhause waren so weit entfernt.

Mit einem Ruck setzte sie sich auf. In unmittelbarer Nähe hatte sich eine Familie mit mehreren Kindern niedergelassen. Der Vater versuchte, mit dick aufgeblähten Backen Luft in eine Luftmatratze zu bekommen.

Zwei der Kinder quengelten und verlangten lautstark nach Limonade. Die Mutter, eine mollige Brünette, strich einem der Kinder beruhigend über die Haare und lächelte.

Wie musste sich die kleine Aaltje gefühlt haben, als ihre Mutter ihr eine Ohrfeige versetzt hatte? Anstatt sie zu trösten, weil sie so unvermittelt mitbekommen hatte, dass der Mann im Haus nicht ihr Vater war. Wer war diese Livia Mansen? Janneke brauchte nur die Augen zu schließen und hatte das Bild einer hageren Frau mit zusammengekniffenen Lippen vor Augen. Wahrscheinlich hatte die Tote ganz anders ausgesehen, dachte Janneke, aber das war eben das Bild, das sich nach den Erzählungen Gretas in ihrem Kopf festgesetzt hatte.

Am Tag zuvor hatte ihr Fokke berichtet, dass er sich in Wittmund bei den zuständigen Ermittlern nach dem Stand der Dinge erkundigt hatte. Der hiesige Postbote, ein Piet Soundso, hatte zu Protokoll gegeben, dass er in unmittelbarer Nähe des Mansen-Hauses einen Mann unbekannten Alters mehrfach gesehen hatte. Der Postler hielt es durchaus für möglich, dass es sich um einen harmlosen Urlauber handeln könnte. Er wollte es nur der Vollständigkeit halber erwähnen.

Die Befragung der Nachbarn und des sozialen Umfeldes der Getöteten hätte keinen Hinweis oder Verdachtsmoment ergeben.

Die Mutter hatte inzwischen den Kindern ihre Badehosen angezogen und winkte ihnen nach, als diese laut kreischend zum Wasser liefen.

War es wahrscheinlich, dass der Mord an Livias Verlobtem vor mehr als fünfzig Jahren etwas mit der Tat vor wenigen Wochen zu tun hatte? In beide Fälle war Livia Mansen eingebunden. Janneke sprang auf, klopfte sich den Sand von der Kleidung und marschierte Richtung Dorf. Wenn sie bei dem Doppelmord nicht weiterkam, musste sie eben in der Vergangenheit forschen. Irgendwo musste doch ein Ansatzpunkt sein.

***

Ein Regenschauer hatte Jannekes kurze Haare, sie war gerade auf dem Weg zur Polizeistation, in einen nassen Helm verwandelt.

Ich sehe wahrscheinlich aus wie ein alter Blumenpott, befürchtete sie und versuchte, mit ihrem Schal ihre Haare notdürftig zu trocknen. So schnell sie konnte, lief sie auf ihren High Heels den Weg entlang und wäre am liebsten wieder umgekehrt. Aber die Sache duldete keinen Aufschub.

Fokke saß am Schreibtisch und füllte ein Formular aus.

»Moin, störe ich?« Janneke war leise eingetreten und tippte dem jungen Polizisten auf die Schulter.

»Nööö«, grinste Fokke. »Ich bin froh, wenn ich die Statistik weglegen kann.«

Janneke zog sich den Stuhl, der vor Fokkes Schreibtisch stand, heran und setzte sich. »Sag mal, die Akte Riesinger, die du aus dem Keller geholt hast, hast du die noch parat?«

»Klar, hier unten.« Er bückte sich und öffnete die unterste Lade seines Schreibtischs. »Hier ist das gute Stück.« Mit einem Schwung warf er die Akte auf den Schreibtisch. »Willst du noch mal was nachlesen?«

Janneke nickte. »Dort steht doch bestimmt die Heimatadresse des Opfers in Bayern drin, oder?«

Fokke nickte und öffnete den Aktendeckel. »Mal sehen ... ja, hier steht etwas. Jandelsried, Dorfstraße 17. Was willst du denn damit? Der Mann ist doch schon ewig tot.«

Langsam wiegte Janneke den Kopf hin und her. »Ich denke die ganze Zeit, es wäre doch möglich, dass diese beiden Mordfälle miteinander verwoben sind. Es ist doch schon ein merkwürdiger Umstand, dass eine einzige Frau in beide Fälle verwickelt war.«

»Wobei sie bei dem aktuellen Mord ihr Leben lassen musste«, wandte Fokke ein.

»Da hast du recht«, meinte Janneke und stand auf. »Darf ich mal deinen Computer benutzen?«

»Ja, mach mal«, sagte Fokke und stand auf. »Ich mache uns inzwischen einen Kaffee. Ich komme heute gar nicht in die Gänge.«

»Danke.« Janneke setzte sich an den Schreibtisch und rief im Internet eine Suchmaschine auf. Der Ort Jandelsried in Bayern hatte ungefähr dreitausend Einwohner. Vielleicht hatte sie Glück und wurde dort in der relativ kleinen Gemeinde fündig? Das digitale Telefonbuch verriet ihr, dass es dort zwei Einträge mit dem Familiennamen des Opfers Riesinger gab.

Der erste Eintrag war die Telefonnummer einer Roswitha Riesinger. Entschlossen wählte Janneke die Nummer. Die Frau hob schon nach dem zweiten Klingeln ab. »Riesinger?«

»Guten Tag, mein Name ist Hoogestraat. Entschuldigen Sie die Störung. Ich suche die Familie von Gernod Riesinger. Gab es in Ihrer Familie jemanden, der Gernod hieß?«

»Warum wollen Sie das denn wissen«, fragte die Frau argwöhnisch.

Janneke entschloss sich, einfach die Wahrheit zu sagen, auch wenn sie diese ein wenig den Gegebenheiten angepasst hatte. »Ich arbeite in Zusammenarbeit mit der Polizei an einem Mordfall, der sich vor fünfzig Jahren ereignet hat.«

Wenn sie etwas über die Familie von Gernod Riesinger weiß, müsste jetzt der Groschen bei ihr fallen, denn nicht in jeder Familie kommt ein Mensch durch solch eine Tat zu Tode, dachte Janneke.

»Tut mir leid«, antwortete Frau Riesinger jedoch. »Ich kann Ihnen da nicht weiterhelfen.«

Janneke ging davon aus, dass sie wirklich nichts wusste. Sie bedankte sich und legte auf.

Entschlossen wählte sie die zweite Telefonnummer. Der Anschluss war registriert auf den Namen Katarina Riesinger. Sie meldete sich erst nach achtmaligem Klingeln mit einem genervten »Jaaa, was ist? Riesinger hier.«.

Janneke sagte wieder ihr Sprüchlein auf und prompt fiel ihr Frau Riesinger ins Wort.

»Mein Vater hieß Gernod, aber der ist schon lange tot. Warum wollen Sie das denn wissen?«

Bingo, freute sich die junge Ostfriesin. »Ich befinde mich im Moment auf der Nordseeinsel Spiekeroog und ermittele mit der hiesigen Polizei in einem aktuellen Fall. In diesem Zusammenhang bin ich auf Ihren Vater gestoßen, der ja vor langer Zeit hier auf der Insel einem Verbrechen zum Opfer gefallen ist.«

Die offene Verbindung rauschte. Janneke wechselte den Hörer an ihr anderes Ohr. »Frau Riesinger?«

»Ja, ich bin noch hier.«

»Es tut mir leid, dass ich Sie erschreckt habe, aber ich hätte Sie gerne gefragt, ob Sie noch ein paar Informationen über Ihren Vater haben, was den Aufenthalt hier auf der Insel betrifft.«

»Mein Gott, das ist so lange her.« Frau Riesinger hustete. »Sie haben Glück, dass Sie mich überhaupt unter diesem Namen gefunden haben. Ich bin erst vor einem halben Jahr geschieden worden und habe meinen Mädchennamen wieder angenommen.«

»Stimmt, das war Glück. Ich hätte Sie sonst nie gefunden.«

»Also mein Vater hatte Asthma und man hat ihm eine Kur an der Nordsee verordnet. Dann ist da etwas passiert ... Ich war damals erst vier Jahre alt, als die Polizei meiner Mutter die traurige Nachricht überbracht hat. Wir haben ihn dann nach Hause geholt. Soviel ich weiß, hat man den Mörder nie gefunden.«

Im ersten Moment glaubte Janneke, sich verhört zu haben. Wie konnte sich Gernod Riesinger mit Livia Mansen verloben, wenn er zu diesem Zeitpunkt zu Hause in Bayern Frau und Kind hatte?

»Frau Riesinger, noch einmal zum Abgleich: Ihr Vater ist im September 1967 hier auf der Insel Spiekeroog verstorben?« Janneke vermied den Ausdruck getötet. Sie wollte ihre Gesprächspartnerin nicht noch mehr erschrecken.

»Ja, das stimmt. Die beiden Brüder meines Vaters sind zusammen mit einem Anwalt nach Norddeutschland gereist und haben die Überführung veranlasst. Leider konnte man ihnen damals nicht die genauen Umstände des Todes erläutern. Was im Übrigen bis heute nie geschehen ist. Der Mensch, der das getan hatte, ist nie zur Rechenschaft gezogen worden.«

»Und habe ich das richtig verstanden, dass Ihr Vater zum Zeitpunkt seines Todes verheiratet war und eine Tochter hatte?«

»So ganz stimmt das nicht. Mein Vater und meine Mutter waren damals schon acht Jahre verheiratet, das stimmt. Aber sie hatten nicht nur ein Kind, sondern fünf Kinder.«

Janneke brauchte einen Moment, um sich zu sammeln.

»Frau Hoogestraat?«

»Ja?«

»Darf ich Sie bitten, mich zu benachrichtigen, wenn Sie etwas über die näheren Umstände des Todes meines Vaters herausgefunden haben?«, bat Frau Riesinger und Janneke konnte an ihrer Stimme hören, dass sie weinte.

Sie versprach dies und legte auf.

»Hast du ein Gespenst gesehen?« Fokke stand mit zwei Kaffeebechern in der Tür und sah Janneke an.

»Du wirst es nicht glauben. Der Verlobte von Livia Bramstett, Gernod Riesinger, war zu diesem Zeitpunkt verheiratet und hatte fünf Kinder.«

»Das ist ja ein Ding.« Er stellte die Tassen auf seinen Schreibtisch. »Tante Greta hatte doch erzählt, dass er Livia mit nach Süddeutschland nehmen wollte. Sie hatte sich darauf gefreut, Bäuerin zu werden.«

»Der hat sie eiskalt angelogen.« Fassungslos schüttelte Janneke den Kopf.

»Und was halten wir jetzt davon?«

Sie zuckte mit den Schultern. »Ob die Polizei damals davon wusste?«

»Vielleicht haben die gar nicht weitergeforscht. Irgendjemand hat die Familie verständigt und die Überführung nach Abschluss der Ermittlungen überwacht und das war es auch schon.«

»So könnte es gewesen sein«, nickte sie. »Damals hatte man noch kein Internet und konnte so schnell, wie ich es eben gemacht habe, Dinge recherchieren.«

»Trink erst mal deinen Kaffee.« Fokke reichte ihr einen Becher.

Vorsichtig nippte sie an dem heißen Getränk. »Weißt du was?«, meinte sie, als sie den Kaffee wieder abgestellt hatte. »Diese Katarina Riesinger hat vermutlich keine Ahnung, dass sie noch eine Halbschwester hat.«

***

»Schade, dass du schon fährst«, sagte Janneke bedauernd und umarmte ihren Onkel.

»Es nützt nix«, schüttelte Hinrich mit dem Kopf. »Ich habe Jan versprochen, an seinem Geburtstag zu Hause zu sein. Außerdem will ich mir das Elführtje nicht entgehen lassen.«

»Das kann ich mir gut vorstellen. Ihr mit eurem Frühschoppen, der oft erst abends zu Ende geht«, lachte Janneke und klopfte Heinrich leicht auf den Arm.

»Elsie hat schon versprochen, sie macht wieder die Frikadellen, die mit den Kapern drin.« Hinrich setzte seine Kappe auf und klopfte auf die Jackentaschen. »Wo habe ich denn ...? Ach hier.« Erleichtert blickte er auf. »Das hätte mir noch gefehlt, wenn ich meine Autoschlüssel verloren hätte.«

Hanna-Eva reichte ihm eine Brotbox. »Hier ein bisschen Proviant für dich. Dass du uns nur nicht verhungerst unterwegs.«

»Ach, gut, dass du es sagst. Ich habe euch noch einen Kartoffelsalat gemacht. Der steht im Kühlschrank.« Er bückte sich und nahm seine kleine Reisetasche hoch. »So, jetzt aber, die Fähre wartet nicht.« Liebevoll umarmte er die beiden Frauen. »Janneke, wann kann ich mit dir wieder rechnen?«

Sie zuckte die Schultern. »Hanna-Eva ist zwar wieder fit, aber du weißt ja, ich gebe nicht eher Ruhe, bis ich alle Rätsel gelöst habe.«

Hinrich nickte. Er wusste, wovon Janneke sprach. Sie würde nicht eher nach Hause kommen, ehe sie nicht herausgefunden hatte, wer für den Mord an dem älteren Ehepaar verantwortlich war.

»Grüß mir Fräulein Schneider. Hoffentlich geht es ihr gut.«

»Elsie Klüverboom passt auf deine Katze auf, keine Sorge«, grinste Hinrich und tätschelte den Arm seiner Nichte.

Nachdem Hinrich die Pension verlassen hatte, ging Janneke in ihr Zimmer und schaltete ihren Laptop ein. Eine Zeit lang starrte sie auf ihr Manuskript, aber ihre Gedanken wanderten immer wieder zu Aaltje Martínez.

Wusste die Tochter von Livia eigentlich, wie ihr leiblicher Vater ums Leben gekommen war? Es war nach Tante Gretas Erzählungen nicht anzunehmen, dass ihre Mutter ausführlich mit ihr darüber gesprochen hatte. Janneke wurde das Gefühl nicht los, dass die beiden Morde zusammenhingen, obwohl mehr als fünfzig Jahre dazwischen lagen.

Konnte es sein, dass Angehörige von Gernod Riesinger nach Spiekeroog gekommen waren, um ihn zu rächen? Quatsch, schimpfte sie mit sich selbst, dies war ausgemachter Blödsinn. Die Aussage von Katarina Riesinger, dass die Familie bis heute nichts über die näheren Umstände wusste, hatte durchaus glaubhaft geklungen.

Frustriert klappte sie den Laptop zu und rief im Dorfhotel an, um sich mit Livia Mansens Tochter zu verabreden.

***

»Ich weiß nicht, ob ich da reingehen soll.« Leicht gebeugt stand Aaltje Martínez vor ihrem Elternhaus, den Schlüssel in der Hand, und sah unentschlossen Janneke an. »Ich hätte mich nicht von Ihnen überreden lassen sollen, hierher zu kommen.«

»Ich habe Sie nicht überredet. Sie haben selbst den Wunsch geäußert, sich doch noch mal im Haus Ihrer Eltern umzusehen.«

»Ja, Sie haben recht. Ich wollte Ihnen nur die Verantwortung zuschieben, weil ich mich so schlecht fühle.«

Janneke hatte sich auf die kleine Bank, die neben der Haustür stand, gesetzt und schlug die Beine übereinander. »Ich wollte Sie nur begleiten, damit Ihnen das alles ein bisschen leichter fällt«, meinte Janneke, erwähnte aber nicht, dass sie auch durch eine gehörige Portion Neugier getrieben war. Vielleicht hatten Fokke und sie etwas Entscheidendes übersehen?

»Wissen Sie«, begann Aaltje und setzte sich neben Janneke. »Mir ist das alles hier fremd und doch irgendwie vertraut. Es macht mir Angst.« Sie drehte sich ein wenig um und sah zum Dach. »Alles ist noch so wie früher.«

»Frau Martínez ...«

»Bitte nennen Sie mich Aaltje. Martínez ist schon längst Geschichte.«

»Okay, also Aaltje, hat Ihnen Ihre Mutter jemals von Ihrem leiblichen Vater erzählt?«

Langsam schüttelte die Wissenschaftlerin den Kopf. »Nein, eigentlich nicht. Sie hat mir nur gesagt, dass er tot ist. Dass aber etwas nicht stimmte, habe ich als Kind durch einige Bemerkungen der Nachbarn mitbekommen, obwohl ich das damals überhaupt nicht einordnen konnte.«

»Als Kind weiß man eben nicht, was es bedeutet, wenn ein Mensch so plötzlich stirbt.«

»Fokke hat mir gestern alles noch einmal genau erzählt.« Aaltje holte tief Luft. »Ich weiß jetzt auch, dass mein leiblicher Vater in Süddeutschland eine Familie und meine Mutter angelogen hatte. Sie haben mit jemandem aus der Familie in Bayern gesprochen?«

»Ja, habe ich«, bestätigte Janneke. »Mit einer Tochter Ihres Vaters habe ich gesprochen. Sie ist Ihre Halbschwester.«

Ein Lächeln huschte über das Gesicht von Livias Tochter. »Das ist ein seltsames Gefühl. Wissen Sie was? Jetzt, wo ich das weiß, fühlt sich alles nicht mehr so schrecklich an. Es hat so etwas Versöhnliches.«

»Eines Tages werden Sie sich bestimmt mit ihr treffen«, vermutete Janneke. »Sie kann Ihnen bestimmt mehr über Ihren Vater erzählen.«

»Ich hoffe das«, sagte Aaltje und stand auf. »Deshalb gehe ich jetzt auch da rein und gucke mir alles an. Es kann ja sein, dass ich doch auf etwas stoße.«

Entschlossen steckte Aaltje den Schlüssel ins Schloss und stand Sekunden später regungslos im Flur.

»Wie das hier riecht«, murmelte sie. »Ich hatte ganz vergessen, wie das hier riecht.«

Wortlos folgte Janneke ihr auf ihrem Streifzug durchs Haus. Hin und wieder berührte Aaltje einen Gegenstand, nahm ihn hoch und sah ihn sich genauer an. »Jetzt weiß ich alles wieder. Es ist so, als wären nur ein paar Wochen vergangen, seit ich das letzte Mal in diesem Haus war.« Sie zeigte auf die vielen Bilderrahmen an der Wand des Wohnzimmers. »Sie hat kein Bild von mir aufbewahrt. Alles fremde Leute, jedenfalls kenne ich keinen.«

»Vielleicht war es zu schmerzlich für Ihre Mutter, jeden Tag auf Ihr Gesicht zu sehen, ohne in Kontakt mit Ihnen zu sein.«

Bitter lachte Aaltje auf. »Das glaube ich nicht. Als ich klein war, hat sie mich mit Fürsorge bedacht, aber seit dem Tag, als ich wusste, dass Henning nicht mein Vater ist, war sie meist reserviert und unterkühlt gewesen. Niemand konnte wissen, was ihr durch den Kopf ging. Und mein Stiefvater hat mich und meine Mutter immer mit dem Nötigsten versorgt, aber ansonsten hat er sich gefühlsmäßig mir gegenüber immer zurückhaltend verhalten. Da ich ja schon im Alter von zehn Jahren erfahren habe, dass er nicht mein wirklicher Vater war, habe ich das als normal empfunden.«

Janneke folgte Aaltje nach oben. Auch dort ging sie durch jeden Raum, berührte einige Sachen und breitete die Arme aus. »Wie klein das hier alles ist. Ich hatte es viel größer in Erinnerung.« Langsam betrat sie das Zimmer ihrer Mutter.

»Manchmal bin ich nachts zu ihr gegangen«, flüsterte Frau Martínez. »Sie hat dann stumm ihre Decke gehoben und ich bin in ihr Bett geschlüpft. Das waren einige der liebevollen Augenblicke.«

Sie öffnete den Kleiderschrank und betrachtete die zahlreichen Kleidungsstücke, an denen sich noch das Preisschild befand. »Alles Sachen, die sie nie getragen hat.« Sie nahm eines der Etiketten in die Hand. »Boutique Teelke.« Sie drehte sich zu Janneke herum. »Ist das ein Geschäft hier auf der Insel?«

»Das kann ich Ihnen nicht genau sagen, aber ich glaube, das kleine Geschäft gegenüber dem Delikatessenladen heißt Boutique Teelke.«

Aaltje schüttelte missbilligend den Kopf. »Sehen Sie sich das an.« Sie deutete auf die ungetragene Kleidung. »Typisch meine Mutter. Alles wollte sie haben, und zwar unverzüglich. Anschließend verlor sie das Interesse und hat es einfach in den Schrank getan.«

Prüfend sah sich Aaltje um. Zielstrebig lief sie zum Fenster, schob beide Hände unter das Fensterbrett und klappte es hoch. Zum Vorschein kam ein Hohlraum, in dem ein kleiner Koffer Platz gehabt hätte.

Janneke trat näher und sah neugierig nach unten. »Ein Geheimfach?«

Aaltje nickte. »Meine Mutter hat es kurz nach ihrem Einzug entdeckt und dort ihre Tagebücher aufbewahrt.«

»Die Freundin Ihrer Mutter, Greta Visser, hat Fokke und mir mal erzählt, dass die jungen Mädchen ihre Geheimnisse in ihre Tagebücher geschrieben haben.«

Aaltje förderte sechs dicke ledergebundene Bücher zutage und legte sie nacheinander aufs Bett. »Ob ich die wohl mitnehmen kann?«

Unentschlossen öffnete Janneke eins der eng beschriebenen Bücher. »Ich vermute mal, dass die Polizei die Bücher durchlesen will, denn darin könnte sich ja ein Hinweis für ein Tatmotiv befinden.«

»Ich werde Fokke anrufen und fragen«, versprach Aaltje. »Ich bleibe noch eine Weile auf Spiekeroog und kümmere mich um die Entrümplung und um den Hausverkauf.«

Janneke nickte und hätte brennend gerne gelesen, was Livia Mansen im Laufe der Jahre so niedergeschrieben hatte.

Livias Tochter nahm eine Reisetasche, die sich unten im Kleiderschrank befand, heraus und verstaute darin die Bücher.

***

Behutsam legte Fokke Visser den Hörer auf und sah Janneke an. »Morgen kommen zwei Kollegen aus Wittmund und holen die Tagebücher ab. Aaltje hat versprochen, dass sie noch heute Vormittag kommt und die Tagebücher vorbeibringt.«

»Bestimmt finden sie einen Hinweis zum Tatmotiv«, vermutete Janneke und wedelte sich mit einer Zeitung frische Luft zu. »Das ist echt heiß heute.«

»Sieht nach Gewitter aus.« Fokke trat ans Fenster und sah in den Himmel.

»Wir hätten den Fund eigentlich besser gleich bei dir abgeben sollen«, meinte Janneke. »Aber ich hatte den Eindruck, dass es Aaltje wichtig ist, etwas mehr über ihre Mutter zu erfahren.«

»Ist schon in Ordnung. Ob sie jetzt hier im Büro lagen oder Aaltje hat sie im Hotel gehabt, ist egal. Die Kollegen vom Festland kommen ja erst morgen.«

»Meinst du, man gibt dir eine Rückmeldung aus Wittmund, wenn was Interessantes drinsteht?«

Fokke schob die Unterlippe vor. »Keine Ahnung. Je nachdem, wer dafür zuständig ist. Gewiss ist nichts. Eigentlich könnte ich ...«

Die Bürotür hatte sich geöffnet und Aaltje stand mit der Reisetasche vor Fokkes Schreibtisch. Sie öffnete die Tasche und legte behutsam die Tagebücher auf den Tisch. »Hier sind die Bücher. Ein paar Seiten habe ich schon gelesen.«

»Danke, Aaltje, das ist nett.« Fokke schob die Bücher ein wenig zur Seite.

»Meinst du, ich bekomme sie bald zurück«, wollte Aaltje wissen und setzte sich.

Janneke kniff die Augen ein wenig zusammen und zählte die Tagebücher. Wenn sie nicht alles täuschte, hatte Aaltje gestern sechs Bücher unter der Fensterbank herausgeholt. Jetzt lagen aber nur fünf Exemplare auf Fokkes Schreibtisch. Dann hat sie eins behalten, dachte Janneke verblüfft. Hatte sie etwas entdeckt, was zur Aufklärung der Tat beitragen konnte? Wollte sie jemanden schützen?

Sie beschloss, nichts zu sagen. Irgendwann würde sie schon herausbekommen, was in den Büchern auf dem Schreibtisch des Inselpolizisten und dem fehlenden Tagebuch stand. Aaltje würde auf Nachfrage eventuell abstreiten, dass sich in dem Fach unter der Fensterbank sechs Bücher befunden hatten und behaupten, sie, Janneke, hätte sich geirrt. Also war es besser, den Mund zu halten, auch wenn es ihr schwerfiel, denn Geduld war etwas, was ihr völlig fremd war.

***

Es war zum Heulen. Dieser elendige Papierkram. Mit einer heftigen Bewegung schob Hanna-Eva den Stapel Formulare zur Seite. Seit dem Tod ihrer Mutter vor etlichen Jahren musste sie sich mit dem ganzen Behördenkram herumschlagen. Sie hatte den Eindruck, dass das alles früher viel leichter war. Jeder Kurgast musste mit Namen und Adresse bei der Kurverwaltung angemeldet werden. Es gab eine Fremdenverkehrsabgabe und Kosten für den Eintrag im Spiekerooger Gästeverzeichnis. Und dann war da noch der elendige Steuerbescheid vom Finanzamt mit einer saftigen Nachzahlungsaufforderung. Die Pensionswirtin stöhnte. Es blieb ihr wohl nichts anderes übrig, als in der nächsten Saison die Preise etwas anzuheben.

Ein Lächeln huschte über ihr Gesicht. Die Zeit mit Janneke war wunderbar und hatte auf sie entspannend gewirkt. Der ausgiebige Klönschnack am Abend in der Küche, das

Hervorholen der gemeinsamen Erinnerungen hatten ihr gutgetan. Insgeheim hoffte sie, dass sich der Mord an Livia und Henning nicht so schnell aufklären ließ, denn dann bliebe ihr ihre Cousine noch ein wenig erhalten.

Ihr Blick fiel auf das Regal, in dem eine Menge Zeitschriften lagen, unter anderem die entliehenen Exemplare ihre Freundin Teelke. Ihr war sowieso nach frischer Luft und so konnte sie doch gleich die Zeitungen in deren Boutique vorbeibringen. Janneke saß in ihrem Zimmer und arbeitete an ihrem Computer. Bärbel war schon nach Hause gegangen und die Pensionsgäste genossen die milde Frühsommerluft.

Hanna-Eva fuhr den Computer runter, steckte die Zeitschriften in ihre Tasche und verließ das Haus.

Erst jetzt merkte sie, wie warm es war. Die Dorfstraßen waren ziemlich leer. Bei diesem Sonnenwetter hielten sich die Gäste und die Einheimischen, sofern es ihre Zeit erlaubte, am Strand auf.

Teelke saß müde hinter ihrem Tresen. »Moin Hanna-Eva. Ich wäre jetzt fast eingeschlafen.« Sie war aufgesprungen und umarmte ihre Freundin. »Cappuccino?«

»Oh nein, bei der Hitze.« Erschöpft ließ sich Hanna-Eva auf einen Stuhl fallen. »Hast du nichts Kaltes? Aber kein Alkohol, ich kenne dich.«

Teelke lachte. Sie liebte Sekt und ergriff jede Gelegenheit, ein Gläschen zu trinken. Hanna-Eva war schon mehrmals mit einem Schwips nach einem Besuch bei Teelke nach Hause gekommen und hatte sich sofort auf ihr Sofa legen müssen.

»Wie wäre es mit stinknormalem Mineralwasser?«, bot die Boutique-Besitzerin an. Nachdem Hanna-Eva zustimmend genickt hatte, lief Teelke in die Küche und kam mit zwei Gläsern köstlich kühlem Mineralwasser zurück.

»Und, was gibt es Neues?«, wollte die Pensionswirtin wissen, als sie ihr Glas wieder abgestellt hatte.

»Bei Regenwetter mache ich auf jeden Fall mehr Umsatz«, jammerte Teelke und sah mit zusammengekniffenen Augen auf ihre Geldkassette, die unter dem Tresen stand.

»Sonnenhüte und Sonnenbrillen sind jetzt sicher der Renner«, meinte Hanna-Eva und zog ihre Schuhe aus. »War heute noch niemand da?«

»Doch, eine Frau war hier. Sie hat eine Bluse und einen Seidenschal gekauft.«

»Siehste. Geht doch.«

Teelke sah auf ihre lackierten Fingernägel. »Sie hat mich gefragt, wie lange ich schon auf der Insel bin.«

»Warum wollte sie das denn wissen?«

Teelke zuckte mit den Schultern. »Erst konnte ich auch nichts damit anfangen. Manchmal fragen die Leute so was, aber im Grunde genommen geht das ja niemand etwas an.«

Mit der rechten Hand massierte Hanna-Eva ihren linken Fuß. »Und hast du geantwortet?«

Teelke nickte. »Ich habe ihr dann erzählt, dass ich seit zwanzig Jahren hier lebe.« Jetzt blitzten Teelkes Augen. »Und jetzt halt dich fest. Sie hat mich gefragt, ob ich ihre Mutter kannte.«

Verdutzt sah Hanna-Eva ihre Freundin an. »Wie kommt sie denn darauf?«

»Genau, das habe ich ihr auch gesagt. Ja, und dann eröffnete sie mir, dass sie die Tochter von Livia Mansen ist. Im Kleiderschrank ihrer Mutter hat sie jede Menge ungetragene Kleidungsstücke aus meiner Boutique gesehen.«

»Aaltje war hier?«

»Kennst du sie?«

»Von früher, aber ich kann mich kaum an sie erinnern. Was wollte sie denn wissen?«

»Natürlich kenne ich Ihre Mutter, habe ich gesagt. Livia ist ja nicht mehr so rausgekommen und deshalb habe ich hin und wieder ein paar Blusen oder Röcke zu ihr nach Hause gebracht, damit sie in Ruhe auswählen kann.«

»Das wusste ich gar nicht.« Hanna-Eva war erstaunt. »Du hast ihr die Klamotten nach Hause gebracht?«

»Klar«, nickte die Boutique-Besitzerin. »Sie hat immer viel gekauft.« Sie stand auf und holte aus der Teeküche die angebrochene Wasserflasche. »Möchtest du auch noch was?«

Hanna-Eva nickte. »Und was hast du ihr noch erzählt?«

»Sie hat dann ganz vorsichtig gefragt, wie ihre Mutter so gewesen wäre. Das kam mir ein bisschen komisch vor. Sie ist ja schließlich die Tochter und müsste ihre Mutter kennen.«

»Aaltje ist schon mit ganz jungen Jahren von Spiekeroog weg und hat meines Wissens keinen Kontakt mit ihrer Mutter gehabt.«

»Ja, so hat sie mir das auch erklärt. Wie schrecklich, seine Mutter auf diese Weise zu verlieren.« Teelke machte eine Pause. »Aber Henning war nicht ihr Vater? Meine Nachbarin hat so was erwähnt.«

Hanna-Eva nickte. »Ja, und auch Aaltjes leiblicher Vater lebt nicht mehr.« Sie wollte nicht mehr preisgeben, obwohl Janneke ihr das eine oder andere Detail erzählt hatte.

Teelke nestelte an ihrer Bluse herum. »Ach ja, sie hat mich noch gefragt, ob es hier auf der Insel eine Sammelstelle gibt, wo man Kleidung abgeben kann, damit sie an Bedürftige weitergeleitet wird.«

»Wüsste ich jetzt nicht auf Anhieb«, murmelte Hanna-Eva.

»Die Sachen wären ja sogar noch neu, meinte sie. Ich habe sie dann gefragt, warum sie die ungetragenen Sachen nicht mitnehmen würde, schließlich sei das alles hochwertige Ware.« Teelke schüttelte den Kopf. »Weißt du, was sie gesagt hat? Eher würde sie nackt herumlaufen als etwas tragen, was ihrer Mutter gehört hat.«

»Das hört sich ja an, als hätte sie ihre Mutter abgrundtief gehasst«, vermutete Hanna-Eva.

Teelke nickte. »Sie hat ihre Mutter gehasst. Das habe ich an ihrem Gesicht gesehen.«

## 15. Kapitel

Die ermittelnden Beamten vom Festland hatten am Vortag die Tagebücher in der Polizeistation auf der Insel abgeholt und als Beweismittel sichergestellt. Im Fall des ermordeten Ehepaares Henning und Livia Mansen gab es keine neuen Erkenntnisse, teilte man dem Inselpolizisten Fokke Visser auf dessen Nachfrage mit. Auch der sichergestellte Fingerabdruck auf der Klingel des Hauses Mansen war nicht aktenkundig und konnte so keiner Person zugeordnet werden.

Fokke hatte Janneke das alles gestern Abend in einem kurzen Telefonat berichtet, nachdem sich die Kollegen vom Festland verabschiedet hatten.

Wenn Janneke alle Fakten berücksichtigte, kam sie zu der Erkenntnis, dass dieser Fall eventuell nie aufgeklärt werden würde. Es fehlte einfach das Motiv, das den Mörder dazu veranlasst hatte, diese Tat auszuführen.

Heute Morgen waren mehrere Gäste der Pension abgereist und Bärbel hatte alle Hände voll zu tun, die Gästezimmer für die neu ankommenden Gäste herzurichten. Hanna-Eva war wieder vollkommen hergestellt und ging ihrer täglichen Beschäftigung nach. Es gab also keinen plausiblen Grund für Jannekes weiteren Aufenthalt auf der Insel. Sie ärgerte sich, dass sie womöglich Spiekeroog verlassen musste, ohne das Ende der Geschichte zu kennen.

Die Sache mit dem fehlenden Tagebuch ließ ihr keine Ruhe. Sie war sich sicher, dass es sechs Tagebücher waren, die sich unter der Fensterbank in dem Fach befunden hatten.

Janneke beantwortete ein paar Mails, war aber nicht ganz bei der Sache. Wenn sie jetzt zu Hause wäre, hätte sie schon längst ihren Lieblingsschuhladen aufgesucht und sich ein paar schicke High Heels gegönnt. Sie seufzte, ja, das hätte sie auf andere Gedanken gebracht. Dies war insbesondere deshalb schade, weil das Schuhgeschäft seit einigen Wochen auch

Handtaschen führte. Janneke liebte geräumige Taschen, die eine Menge Inhalt vertrugen.

Frustriert klappte sie ihren Laptop zu, schlüpfte in ihre Schuhe und verließ das Haus. Hanna-Eva war gerade dabei, ein paar Unkräuter aus dem Vorgarten zu entfernen, und winkte ihr kurz zu.

»Ich bin gegen Abend zurück«, rief Janneke ihr zu und setzte ihren Weg fort. Zielstrebig lief sie zu dem Hotel, in dem Aaltje Martínez wohnte.

»Moin«, begrüßte sie die Mitarbeiterin hinter der Rezeption. »Könnten Sie bitte bei Frau Martínez anrufen und Sie fragen, ob sie einen Moment Zeit für mich hat?«

»Selbstverständlich«, antwortete die Hotelangestellte höflich. »Und Ihr Name ist ...?«

»Hoogestraat. Janneke Hoogestraat. Frau Martínez weiß, wer ich bin.«

Die Dame an der Rezeption nickte freundlich, wählte eine Nummer und sprach kurz mit der Gesprächsteilnehmerin.

»Frau Martínez kommt gleich herunter. Sie bittet Sie, auf der Terrasse des Restaurants zu warten.«

»Herzlichen Dank«, antwortete Janneke und ging zur Terrasse, wo sie sich unter einen Sonnenschirm an einen der Tische setzte.

»Hallo Frau Hoogestraat«, Aaltje Martínez war geräuschlos an den Tisch getreten.

Janneke drehte sich erschrocken um. »Ich habe Sie gar nicht kommen hören.«

Die Wissenschaftlerin setzte sich ihr gegenüber. Beide bestellten sich bei der herbeieilenden Kellnerin einen Milchkaffee, der auch sofort serviert wurde.

Nervös knetete Livias Tochter ihre Hände. »Ich kann mir denken, warum Sie hier sind.«

»Erst dachte ich, ich hätte mich geirrt«, meinte Janneke. »Aber Sie haben eins der Tagebücher behalten, oder?«

Aaltje nickte. »Bitte verraten Sie mich nicht.«

»Erst mal haben die Ermittler genug zu tun, die anderen Tagebücher auszuwerten.« Janneke nahm mit dem Löffel etwas Milchschaum und schob ihn sich in den Mund. »Warum grade dieses eine Buch? Oder war Ihre Auswahl willkürlich?«

Aaltje schüttelte den Kopf. »Ich habe alle Bücher überflogen. Das Buch, welches oben in meinem Zimmer liegt, hat meine Mutter zwei Jahre vor meiner Geburt begonnen. Soweit ich das überblicken kann, hat sie nicht täglich etwas hineingeschrieben, sodass sich jedes Tagebuch über mehrere Jahre hinzieht. Es ist übrigens ziemlich mühsam zu lesen. Meine Mutter hatte eine sehr kleine Schrift. «

»Ich denke, Sie haben ein wenig Zeit. Sie können Fokke ja immer noch gestehen, dass Sie eines der Bücher zurückbehalten haben.«

»Ich will einfach wissen, was sie gefühlt oder gehofft hatte, als sie meinen Vater kennengelernt hat und als ich unterwegs war.« Aaltje schob eine Haarsträhne zurück, nahm aus ihrer Tasche eine Sonnenbrille und setzte sie auf. »Entschuldigen Sie, das ist etwas unhöflich, aber das helle Sonnenlicht ... es blendet so. Seitdem ich wieder in meiner alten Heimat bin, reagiere ich auf Licht sehr empfindlich.«

»Schon gut«, meinte die junge Ostfriesin. »Vielleicht würde es Ihnen weiterhelfen, wenn Sie sich mit der Freundin Ihrer Mutter unterhalten würden? Ich habe Frau Visser kennengelernt. Sie ist wirklich nett.«

»Meinen Sie, ich könnte dort einmal hingehen?«

Janneke nickte. »Wenn Sie mögen, könnte ich Sie begleiten.«

»Danke, das wäre schön.«

»Warten Sie einen Moment.« Janneke stand auf. »Ich gehe hinein und sehe im Spiekerooger Telefonbuch nach, welche Nummer Frau Visser hat. Dann kann ich sie gleich fragen, ob es ihr recht ist, wenn wir kommen.«

Nach zehn Minuten kam Janneke zurück und setzte sich wieder. »Sie erwartet uns in einer Stunde.«

»So schnell?«, antwortete Livias Tochter und schob ihre Sonnenbrille nach oben.

***

»Mein Gott.« Greta Visser war ganz blass geworden, als sie Aaltje gegenüberstand. Schon nach einmaligem Klingeln hatte sie den beiden Frauen die Haustür geöffnet und starrte nun die Tochter ihrer toten Freundin an. »Kommt rein.« Sie schloss die Haustür und deutete Richtung Küche. »Ich bin jetzt ein bisschen durcheinander.« Eilig lief sie voran und öffnete einladend die Küchentür.

»Entschuldigung, Tante Greta, ich ...« Aaltje war in der Küchentür stehen geblieben. »Tante Greta ... das habe ich ewig nicht gesagt.«

»Kommt, Kinder, setzt euch.« Die alte Dame zog einen der Küchenstühle unter dem Tisch hervor. Sie sah Aaltje an, die gut einen Kopf größer war. »Tante Greta, ja, so hast du mich früher immer genannt. Ich denke, ich darf immer noch Du sagen? Obwohl du ja jetzt längst erwachsen bist.«

»Selbstverständlich. Mir tut das irgendwie gut. Die vertraute Anrede hat so etwas Tröstliches.« Aaltje setzte sich und atmete tief durch.

»Das ist jetzt sicher alles sehr überraschend«, meinte Janneke. »Aber ich glaube, dass es der richtige Schritt ist.«

»Ich freue mich wirklich«, seufzte Greta mit Tränen in den Augen.

»Wissen Sie was, Frau Visser. Sie setzen sich jetzt zu Aaltje und ich mache Tee. Schließlich sind wir ja hier, weil Sie sich sicher etwas zu erzählen haben.«

»Danke, mein Kind.« Frau Visser setzte sich Aaltje gegenüber. »Ich muss das erst mal verdauen.«

Während Janneke den Tisch deckte und den Tee zubereitete, wollte Frau Visser von Aaltje wissen, wie ihr bisheriges Leben verlaufen war. Diese erzählte von ihrer kurzen Ehe, ihrem Beruf und ihren Zukunftsplänen.

»Aaltje hat ein paar Tagebücher ihrer Mutter gefunden«, lenkte Janneke das Gespräch auf das eigentliche Thema, als sie ebenfalls am Tisch saß. Sie hatte bemerkt, dass keine der beiden Frauen den ersten Schritt machen wollte, über die doch sehr unschönen Ereignisse in der Vergangenheit zu reden.

»Ich weiß, dass Livia früher immer Tagebuch geführt hat«, erinnerte sich die alte Dame. »Aber ich wusste gar nicht, dass sie das weiterhin gemacht hat.«

Aaltje nickte. »Soweit ich das überblicken konnte, hat sie das bis zu ihrem Tod getan.«

Greta seufzte. »Ich habe ja auch mal Tagebuch geführt, aber schnell damit wieder aufgehört. Meistens hatte ich vergessen, etwas hineinzuschreiben. Deine Mutter war da eben anders.«

»Ich habe noch nicht alles gelesen«, bekannte Aaltje. »Einen großen Teil musste ich der Polizei übergeben. Ich hoffe natürlich, dass ich die Bücher bald zurückbekomme.«

»Du sagtest, einen großen Teil hast du abgegeben, also nicht alles?«

»Eins habe ich behalten. Ich werde es später weitergeben, aber erst muss ich es lesen. Das sind die Aufzeichnungen der Zeit, als mein leiblicher Vater starb und ich geboren wurde.«

Greta umklammerte den kleinen Henkel ihrer Teetasse. »Ja, das war eine schlimme Zeit für deine Mutter. Sie hatte sich gerade von ihrem Freund getrennt, weil sie deinen Vater kennengelernt hatte. Jens, der ehemalige Freund, war ein Rüpel, anders kann ich das nicht sagen.« Sie machte eine bedauernde Geste. »Er hat, wenn er alle paar Wochen auf die Insel kam, ungeteilte Aufmerksamkeit von deiner Mutter gefordert.« Greta lachte kurz auf. »Stellt euch vor, er wollte noch nicht einmal, dass Livia sich mit mir trifft. Immerhin war ich ihre beste Freundin und Livia hat deshalb oft mit ihm gestritten.«

»Mein Vater war zur Kur auf der Insel?« Mit ihrem Zeigefinger tippte Aaltje nervös auf den Unterteller ihrer Teetasse.

»Ja, das stimmt. Er hatte irgendeine Krankheit mit den Atemwegen.« Greta zuckte mit den Schultern. »Leider habe ich ihn nie richtig kennengelernt. Livia hat ihn mir, Henning und unseren anderen Freunden nur kurz vorgestellt, aber die meiste Zeit waren die beiden mit sich selbst beschäftigt.«

»Vielleicht erfahre ich mehr, wenn ich das Tagebuch gelesen habe«, sagte Aaltje hoffnungsvoll.

Plötzlich stand Greta auf. »Wartet mal, ich habe doch noch Fotos von damals.« So schnell sie konnte, lief sie über den Flur in die Stube und kam mit einem Schuhkarton zurück. »Hier müsste etwas dabei sein«, murmelte sie und warf den Deckel des Kartons achtlos auf den Boden. »Mal sehen ...« Ihre Finger gruben sich in die alten Fotos. Ein paar ließ sie durch ihre Finger gleiten. »Ja, hier. Das sind Livia und ich.« Sie reichte das Foto Aaltje, die es zögerlich entgegennahm. Janneke beugte sich etwas zur Seite, um ebenfalls auf das Bild schauen zu können. Sie sah zwei junge Frauen in geblümten Kleidern, die lächelnd in die Kamera blickten.

»Hier ist noch eins am Strand.« Greta schloss die Augen und lachte. »Was sehe ich schrecklich aus. Wie jung wir damals waren.« Sie legte das Foto vor Janneke und Aaltje hin.

»Wie alt sind die Aufnahmen?«, wollte Aaltje wissen.

Greta überlegte kurz. »Das müsste mehr als fünfzig Jahre her sein.« Sie kramte weiter. Dann stieß sie einen spitzen Schrei aus. »Da sind wir alle drauf. Ich weiß noch genau, wann wir das aufgenommen haben. Das war der Abend vor dem ersten Mai. Wir haben getanzt und den ganzen Abend gelacht. Hennings Vater hat das Foto gemacht.« Sie reichte das Foto weiter.

»Wer ist das denn?« Janneke zeigte auf die Gruppe junger Menschen, die alle die Arme in die Höhe hielten und ihre gespreizten Finger zum Himmel streckten.

Greta sah konzentriert auf die Fotografie. »Also links, das ist Livia, daneben steht Jens, ihr komischer Freund vom Festland. Dann komme ich. Dann kommt Henning und der ganz rechts war Klaas. Der ist aber schon tot.«

Aaltje starrte auf das Gesicht ihrer Mutter und schluckte schwer. Janneke sah noch einmal genauer hin und stellte fest, dass Aaltje der jungen Livia zum Verwechseln ähnlich sah.

***

»Komm schnell, dem Professor geht es nicht gut«, rief Bärbel und beugte sich über den älteren Gast der Pension Strandlooper, der sich neben der Eingangstür erschöpft auf einen Stuhl gesetzt hatte.

»Was ist los?« Janneke kam herbeigelaufen und nahm die Hand des Mannes. »Ist Ihnen schwindelig geworden?«

Er nickte wortlos und fasste sich an die Brust. »Moment, ich hole Ihnen ein Glas Wasser.« Eilig lief sie zurück in die Küche und kam mit einem Glas Mineralwasser zurück. »Hier, trinken Sie.«

»Danke«, flüsterte er, nahm das Glas mit seiner linken Hand entgegen und trank in zügigen Schlucken das Glas bis auf den letzten Tropfen leer.

»Geht's wieder?« Die junge Ostfriesin beugte sich zu ihm herunter. »Vielleicht sollten wir einen Arzt rufen?«

»Nein, auf keinen Fall einen Arzt«, wehrte er vehement ab. »Es geht schon wieder. Wahrscheinlich habe ich zu wenig getrunken.«

»Das kenne ich von meiner Oma«, bestätigte Bärbel. »Die trinkt auch immer zu wenig und dann wird ihr schlecht. Erst letztes Jahr ist sie böse gefallen und hat sich die Hand gebrochen.«

»Na ja«, beschwichtigte Janneke. »So weit wollen wir das nicht kommen lassen.«

»Wissen Sie, erst vor ein paar Jahren habe ich vier Bypässe erhalten.« Herr Gebert atmete tief durch. »Seitdem geht es mir manchmal nicht so gut und mein Gleichgewichtssinn spielt verrückt. Aber jetzt geht's schon wieder.«

Janneke sah ihn skeptisch an. »Sollen wir Sie nach oben in Ihr Zimmer bringen?«

Heftig schüttelte er seinen Kopf. »Um Gottes willen, nein, ich setze mich vor dem Haus auf die Bank, das wird mir guttun.«

Bärbel legte ihre Hand auf seinen Arm. »Ich begleite Sie nach draußen. Wenn etwas ist, sagen Sie uns einfach Bescheid.«

»Ich mache hier weiter«, meinte Janneke und deutete auf das Frühstücksbüfett, welches darauf wartete, abgeräumt zu werden.

Bärbel kam nach wenigen Minuten zurück und begann, die Stühle ordentlich unter die Tische zu stellen. »Er sieht ganz schön mitgenommen aus.«

»Vielleicht hat er sich noch nicht von seiner Herzoperation erholt.«

»Er hat doch gesagt, dass das schon ein paar Jahre her ist«, wandte Bärbel ein.

»So was kann dauern. Ich weiß von einem ehemaligen Kollegen, dass so eine Operation auch etwas mit dem Seelenleben der Patienten anstellt. Viele stellen ihr Leben infrage oder krempeln alles um.« Janneke hatte sich herumgedreht und an den Tisch gelehnt. »Es trifft nicht nur ältere Menschen. Auch junge Männer sind davon betroffen. Mein Kollege hat sich nach seiner Operation von seiner Frau getrennt, ist in die Lüneburger Heide gezogen und lebt dort ganz alleine auf dem Land.«

»Dass es so etwas gibt«, murmelte Bärbel und lief in die Küche, wo sie aus dem Wandschrank einen Staubsauger holte.

Schweigend brachten die beiden jungen Frauen die Frühstücksveranda wieder in Ordnung und deckten die Tische für den nächsten Morgen ein.

»So, ich verziehe mich«, rief Bärbel. »Ich will mit der Mittagsfähre rüber. Meine Freundin hat Geburtstag.«

»Dann bist du morgen früh gar nicht da?«

Bärbel schüttelte den Kopf. »Hanna-Eva weiß Bescheid. Sie hat gesagt, dass sie sich morgen mit dir um das Frühstück kümmert.«

Janneke wünschte ihr noch viel Spaß und verließ ebenfalls das Haus. Die Bank vor der Pension war leer. Entweder hatte sich Herr Gebert in sein Zimmer begeben oder war zu seinem täglichen ausgedehnten Spaziergang aufgebrochen.

Etwas unschlüssig sah sie sich um. Sollte sie zum Strand gehen oder lieber an ihrem Manuskript arbeiten? Um diese Frage in Ruhe zu klären, setzte sie sich auf die Bank und dachte an den gestrigen Nachmittag bei Greta Visser.

Sie versuchte, sich die Einzelheiten des Gruppenfotos vor ihr inneres Auge zu holen, aber dies gelang ihr nicht. Der junge Freund von Livia, der mit den anderen so gut gelaunt gewirkt hatte, hatte nach den bisherigen Erkenntnissen Livias Verlobten getötet. Na ja, zumindest war dies nach den Unterlagen aus dem Keller der Polizeistation im Bereich des Möglichen. Diese ganzen Überlegungen führten zu nichts, denn ohne irgendwelche Beweise blieben es eben nur Vermutungen und dieser Jens Friedrichs war unauffindbar. Deshalb hielt es Janneke für sehr wahrscheinlich, dass der Mord an Aaltjes Vater nie aufgeklärt werden würde. Ob es jetzt dieser Jens oder ein wildfremder Mensch war, der den Kurgast aus Bayern erschlagen hatte, blieb wohl immer verborgen. Sie beschloss, unter dieses Kapitel einen vorläufigen Schlussstrich zu ziehen. Anders verhielt es sich mit dem Doppelmord an dem alten Ehepaar.

Janneke sah auf die Uhr. Fokke müsste sich eigentlich im Büro aufhalten. Sie lief nach oben in ihr Zimmer, holte ihre Tasche und machte sich auf den Weg zur Polizeistation.

»Moin Janneke. Reist du ab?« Fokke sah die junge Besucherin grinsend an.

»Wieso kommst du darauf, dass ich abreise?«

Er deutete mit einer Kopfbewegung auf ihre große Handtasche. »Ich dachte, da wäre dein Gepäck drin.«

»Quatsch«, entgegnete sie ein wenig pikiert. »Das ist eine normale Tasche und da ist alles drin, was man so braucht. Ihr Männer habt davon ja keine Ahnung.« Sie hob die Tasche ein wenig hoch. »Groß ist sie ja«, gab sie zu, »aber mit so kleinen Minitäschchen kann ich nichts anfangen.«

Erst jetzt sah sie, dass sich Fokke nur mit Mühe das Lachen verkneifen konnte.

Janneke schüttelte den Kopf, ließ die Tasche zu Boden fallen und setzte sich. »Ich war gestern mit Aaltje bei deiner Tante. Sie hat uns Fotos gezeigt von früher.«

»Ja, Fotos guckt Tante Greta gerne an. Ist dir noch etwas eingefallen, was mit dem Tod von Aaltjes Vater zu tun haben könnte?«

»Nein, nichts. Ich glaube, dass wir in der Beziehung nicht fündig werden und das abhaken sollten. Konzentrieren wir uns lieber auf den aktuellen Fall. Hast du schon eine Rückmeldung wegen der Tagebücher?«

Bedauernd schüttelte er den Kopf. »Das dauert immer, bis sich da was tut. Es ist Urlaubszeit und da brauchen wir Geduld.«

»Und genau das ist nicht so mein Ding, die Sache mit der Geduld.« Sie lehnte sich zurück. »Du hast dich doch bestimmt auch noch mal bei den Insulanern umgehört, ob jemandem etwas aufgefallen ist.«

»Ich habe mit vielen gesprochen, aber keiner konnte etwas Aussagekräftiges beitragen. Livia und Henning haben bei all ihren Mitmenschen das gleiche Bild hinterlassen. Sie war rechthaberisch, mit zunehmendem Alter soll das immer schlimmer geworden sein. Außerdem hat Livia, wann immer sie konnte, ihren Kopf durchgesetzt.«

»Und Henning?«

»Henning war in gewisser Weise Livia ergeben und hat versucht, ihr das Leben so angenehm wie möglich zu machen. Was sie ihm allerdings nicht immer gedankt hat.«

»Also nichts Neues.« Sie stand auf und hob ihre Tasche auf. »Ich gehe mal wieder zurück«, erklärte sie frustriert. »Vielleicht kann ich ja doch noch ein paar Worte schreiben.«

In diesem Moment klingelte das Telefon. Fokke nahm den Hörer ab und verabschiedete sich per Handzeichen von ihr.

Unschlüssig stand Janneke wenig später vor dem Polizeibüro. Sie musste mit irgendetwas ihre Laune aufbessern und was war dafür besser geeignet als ein Stück Ostfriesentorte? Schnellen Schrittes lief sie in Richtung Inselcafé. Auch wenn sie es nicht wahrhaben wollte, es war augenscheinlich der Zeitpunkt gekommen, an dem sie hier nichts mehr zu tun hatte. Ihre Cousine benötigte ihre Hilfe nicht mehr und der Doppelmord würde, wenn überhaupt, erst in ein paar Wochen oder gar Monaten aufgeklärt werden. So lange konnte sie ja nicht bleiben.

Im Café erblickte Janneke nur noch einen freien Platz an einem Tisch, an dem bereits drei braun gebrannte Urlauberinnen saßen.

»Kommen Sie, setzen Sie sich zu uns«, forderte eine der Frauen die junge Ostfriesin mit starkem Kölner Dialekt auf, weil sie bemerkte, dass Janneke sich unschlüssig umgesehen hatte.

»Danke, das ist nett.« Janneke schob ihre Tasche unter den Tisch und bestellte ein Stück Torte und eine Tasse Milchkaffee.

»Sie sind sicher auch im Urlaub hier?« Neugierig sah die Frau, die sie eben angesprochen hatte, Janneke an. Da sie nicht sofort antwortete, redete die Urlauberin weiter. »Ich komme deshalb darauf, weil Sie so schicke Schuhe anhaben. Ich denke, eine Insulanerin legt sicher mehr Wert auf praktisches Schuhwerk.«

»Ihre Vermutung ist richtig. Ich bin hier nur auf Besuch«, antwortete Janneke und stach mit ihrer Kuchengabel in das Tortenstück, welches die Kellnerin gerade vor sie hingestellt hatte.

»Aber aus der Gegend sind Sie, das hört man an Ihrer Aussprache«, quasselte die Frau weiter.

»Gott, Gisela, lass dat Mädchen doch mal ihre Torte essen«, mischte sich eine der anderen beiden Frauen ein.

»Stimmt, ich bin Ostfriesin«, beantwortete Janneke die Frage.

»Siehste«, grinste Gisela. »Ich habe es doch gleich gewusst. Und da machen Sie so nah an zu Hause Ferien?«

Janneke stellte ihre Tasse ab und legte ihre Kuchengabel hin. »Ich habe meine Cousine besucht.«

Gisela klatschte entzückt in die Hände. »Wenn ich eine Cousine hier auf der Insel hätte, könnte die sich warm anziehen, so oft würde ich die besuchen.«

»Jetzt rede nicht so viel, mache mir lieber mal das Ding mit der Kaffeesahne auf«, forderte die dritte Frau ihre Freundin Gisela auf. Erst jetzt bemerkte Janneke, dass der rechte Unterarm der Frau bis zum Ellenbogen eingegipst war.

»Gib mal her«, sagte Gisela und nahm den kleinen runden Plastikbehälter mit der Kaffeesahne entgegen. »Es ist aber auch kompliziert.« Sie fummelte an dem Döschen herum. »Ich bekomme die blöde Lasche nicht zu fassen.« Sie sah auf und hielt Janneke das Döschen hin. »Vielleicht könnten Sie mal versuchen? Meine Augen sind auch nicht mehr die besten.«

»Das wäre nicht so schlimm, wenn du deine Brille aufsetzen würdest«, meckerte die Frau mit dem Gipsarm, »dann könntest du alles machen.« Sie hob demonstrativ ihren Arm hoch. »Hier, mit dem Ding ist man ja total aus dem Verkehr gezogen. Alles nur mit links machen ist schon schwierig.«

Mit einem Ruck hatte Janneke das Behältnis geöffnet und reichte es über den Tisch. Sie erinnerte sich in diesem Moment an den älteren Gast in der Pension, der das Fläschchen mit dem Orangensaft nicht öffnen konnte, weil er seine rechte Hand aufgrund seines Alters und des fehlenden Daumens nicht voll einsetzen konnte.

»Ach, Sie sind ein Schatz«, freute sich die Frau mit dem Gipsarm. »Ohne Milch schmeckt mir Kaffee nicht. Früher habe ich ja auch noch Zucker ...« Sie hielt inne, denn Janneke war abrupt aufgesprungen, hatte ihre Tasche geöffnet und zehn Euro auf den Tisch gelegt. Ohne ein Wort des Abschieds verließ sie das Café und lief, so schnell sie konnte, zu dem Haus im Gartenweg, in dem Greta Visser wohnte.

***

Habbo Popinga hatte seine Füße auf Fokkes Schreibtisch in der Polizeistation gelegt und bearbeitete seine Fingernägel mit einer Nagelfeile. Mit einem leichten Pusten entfernte er den abgefeilten Fingernagelstaub von seiner Hand und betrachtete sich sein Werk. Ärgerlich stellte er fest, dass seine Hände vor seiner Aktion wesentlich besser ausgesehen hatten, denn jetzt ragten total zerklüftete Nägel über seine Fingerkuppen. Missmutig warf er die Feile auf die Tischplatte. Er fühlte sich irgendwie scheiße. Die Erholung seines dreiwöchigen Urlaubs war ratzfatz verflogen und er kam wie eh und je morgens nicht aus dem Bett. Seine Schwester war ja der Ansicht, dass seine Müdigkeit von den häufigen Aufenthalten in der Inselkneipe herrührte, wo er bis spät abends mit seinen Kumpanen Karten spielte.

Er schloss die Augen und dachte sehnsüchtig an Hamburg, an das pulsierende Leben dort. Ja, da spielte die Musik. Bis jetzt war es ihm noch nicht gelungen, einen entsprechenden Versetzungsantrag an seine Vorgesetzten zu schicken. Immer wieder gab es Dinge, die ihn davon abgehalten hatten. Einmal seine schwer kranke Mutter, dann die Schwangerschaften seiner Schwester. Er sah sich in der Vergangenheit immer wieder genötigt, einen großen Teil seiner Freizeit in die familiengeführte Pension zu investieren.

Habbo fühlte sich aber jetzt frei und wollte seinen Plan in Angriff nehmen. Hier auf seiner Heimatinsel war es schön, er kannte jeden Grashalm mit Vornamen, aber es war an der Zeit, sich zu verändern. Auch stellte er immer wieder die Daseinsberechtigung der Polizei auf der Insel infrage, wo doch nie etwas geschah. Allerdings stellte der Doppelmord an Livia und Henning Mansen eine Ausnahme dar und hatte, wenn auch nur kurz, sein Leben als Inselpolizist aufgewertet. Doch je länger die Zeit fortschritt, umso mehr verfielen alle wieder in ihren Trott.

Fast hätte er das Klingeln des Telefons überhört. Er nahm die Beine vom Schreibtisch und griff nach dem Hörer. »Polizeistation Spiekeroog, Popinga.«

»Moin Habbo, Karsten hier. All up Stee?«

»Klar, alles in Butter«, brummte Habbo und sah gelangweilt aus dem Fenster. Meistens ging es um unangenehme Formalitäten, wenn ein Kollege aus Wittmund anrief.

»Sag mal, ist Fokke da?«

»Nee, unterwegs.«

»Gut«, sagte der Kollege vom Festland. »Ihr habt uns doch die Tagebücher der ermordeten Livia Mansen überlassen.«

Popinga nickte. »Fokke hat so was erzählt. Und was ist damit?«

»Nix, das ist es ja«, klang Karstens Stimme aus dem Hörer. »Da drin steht nur das tägliche Allerlei einer frustrierten Frau, die sich über Gott und die Welt aufgeregt hat. Über ihren Mann hat sie sich maßlos geärgert. Ihm hat sie viele Seiten gewidmet. Der arme Kerl hat ganz schön sein Fett abbekommen.« Er stöhnte. »Was glaubst du, wie anstrengend es war, die kleine Schrift zu entziffern?«

»Aha«, bemerkte Popinga lustlos. »Und jetzt?«

»Ich muss noch mit dem Chef sprechen, ob wir die Aufzeichnungen noch benötigen. Meiner Meinung nach hilft uns das bei den Ermittlungen nicht. Eine Seite sah aus wie die andere.« Karsten zögerte. »Na ja, bis auf eine Stelle ...«

Habbo wechselte gelangweilt den Hörer zum anderen Ohr und wünschte sich, dass Karsten endlich zum Punkt kommen würde. Er hatte just in diesem Moment beschlossen, sich für ein paar Tage krankschreiben zu lassen, und sein Hausarzt schloss in vierzig Minuten seine Praxis. Also war Eile geboten. »Was ist jetzt?«

»Ach ja, hier ...«, nuschelte Karsten. »In einem Eintrag vom letzten August steht an einer Stelle, in etwas größeren Buchstaben, der Satz *Jens ist zurück*. Der Satz ist mit so einem schwarzen Stift dick umrandet.«

»Mit einem Filzstift?«

»Ja, mit so einem Ding. Dann steht noch etwas da. Nämlich die Worte *Vergessen* und *Schweigen*. Hast du eine Ahnung, was das heißen könnte?«

»Nee«, meinte Habbo. »Keine Ahnung. Mir fällt auch niemand mit dem Namen ein. Wer weiß, wen und was sie damit gemeint hat.«

»Das hat vielleicht nichts zu bedeuten«, meinte Karsten. »Ich habe es ja auch nur erwähnt, weil es sich von den anderen Sachen abgehoben hat.«

»Ich weiß ja auch nicht ...«

»Wir machen Folgendes: Der Vollständigkeit halber fragst du Fokke, ob dieser Satz und die Worte irgendeine Bedeutung bei den Ermittlungen auf der Insel haben. Dann kann er ja zurückrufen. Ansonsten hat sich das erst mal erledigt.«

»So machen wir das«, antwortete Habbo und legte auf. Er nahm aus der Schreibtischschublade einen Zettel und schrieb eine entsprechende Notiz für seinen Kollegen auf. Die Nachricht legte er mitten auf Fokkes Schreibtisch. Nach einem kurzen Blick auf die Uhr stellte er fest, dass er sich beeilen musste, wenn er noch zu den Öffnungszeiten die Praxis seines Hausarztes erreichen wollte. Eilig nahm er seine Schlüssel und das Handy vom Tisch und ging hinaus.

Er bemerkte nicht, dass die Notiz durch den Luftzug der sich öffnenden Tür unter den Aktenschrank flog und dort, für alle Augen verborgen, liegen blieb.

## 16. Kapitel

»Was ist denn los?« Greta Visser stand in der geöffneten Tür ihres Hauses und starrte Janneke an, die Luft holend davorstand.

»Entschuldigen Sie bitte, Frau Visser«, stammelte sie, »ich bin so gerannt.« Sie versuchte, gleichmäßig zu atmen.

»Kommen Sie erst mal rein, mein Kind. Sie sehen aus, als wäre der Teufel hinter Ihnen her.«

»Der Teufel nicht, aber mir ist etwas Entscheidendes eingefallen«, erklärte Janneke.

»Wir gehen in die Küche«, ordnete Frau Visser an. »Sie setzen sich jetzt dahin und ich bringe Ihnen ein Glas Eistee.«

»Danke.« Langsam bekam die junge Ostfriesin wieder Luft. »Ich weiß auch nicht, warum ich so gerannt bin, aber ich muss unbedingt noch mal Ihre Fotos sehen.«

»Hier, trinken Sie erst mal.« Greta reichte ihr das Glas mit dem Erfrischungsgetränk.

Der kühle Eistee tat Janneke gut. »Kann ich die Fotos aus dem Schuhkarton noch einmal sehen, die Sie uns das letzte Mal gezeigt haben?«

Irritiert sah die alte Dame auf die junge Frau. »Ich habe zwar keine Ahnung, was an so ollen Fotos spannend sein soll, aber von mir aus.«

Langsam ging sie in ihre Stube und kam mit dem Schuhkarton zurück. »Das sind die Bilder.«

»Danke, Frau Visser.« Janneke öffnete den Karton und nahm eine Fotografie nach der anderen heraus, bis sie zu dem Bild kam, welches die jungen Leute zeigte, die voller Lebensfreude ihre Hände in die Luft streckten. Sie beugte sich herunter und sah sich jede Einzelheit genau an. »Frau Visser, hätten Sie eventuell eine Lupe? Die Bilder sind schon etwas vergilbt und ich will mich endgültig vergewissern, ob ich recht habe.«

»Was ist denn los?« Greta holte aus einer Schublade eine Lupe. »Damit sehen Sie alles ganz deutlich. Aber was suchen Sie denn?«

Janneke hatte die Lupe genommen und direkt über das Bild gehalten. »Ich habe genau das gefunden, was ich vermutet hatte.« Sie stand auf. »Kann ich das Bild und die Lupe mitnehmen? Ich muss das unbedingt Ihrem Neffen zeigen.«

Ratlos hob Frau Visser die Schultern und nickte.

***

Kaum hatte Janneke das Haus von Greta Visser verlassen, wählte sie Fokkes Mobilnummer.

»Visser, moin.«

»Fokke, hier ist Janneke. Ich weiß jetzt ... also genau genommen vermute ich ...«, stammelte sie. »Vielleicht ist das auch Quatsch und alles nur Zufall.«

»Janneke, jetzt mal langsam. Was ist los?«

»Wann bist du wieder im Büro?«, fragte sie statt einer Antwort.

»In einer guten halben Stunde«, gab er Auskunft. »Ich hoffe, du kannst es so lange aushalten.« Er lachte kurz auf.

»Scherzkeks«, entgegnete sie und legte auf.

Jetzt erst wieder zum Strandlooper zu laufen und dann zur Polizeistation zu gehen, lohnte sich nicht, überlegte Janneke. Sie schlenderte deshalb langsam die Straße entlang und setzte sich auf eine Bank vor einem Andenkenladen. Vielleicht mache ich auch umsonst alle Pferde scheu, grübelte sie. Wahrscheinlich wünsche ich mir unbedingt die Aufklärung des Falls und sehe nur noch Gespenster.

Nach zehn Minuten hielt sie es nicht mehr aus und lief zu Fokkes Büro, wo er sie schon erwartete. »Gut, dass du schon da bist. Ich werde noch verrückt.«

Fokke schob ihr den Stuhl zurecht und machte ihr mit einer Geste deutlich, sie solle sich setzen. »Also, schieß los.«

Janneke nahm Platz und öffnete ihre Tasche. »Guck dir dieses Bild mal genauer an. Es ist das Gruppenfoto von deiner Tante mit ihren Freunden in jungen Jahren.« Sie legte das Gruppenfoto vor den jungen Inselpolizisten hin.

Fokke nahm das Bild hoch und sah es sich an. »Also, da ist nichts Besonderes drauf. Ein bisschen albern vielleicht, aber sonst ...«

Ungeduldig beugte sie sich nach vorne. »Du kannst doch alle Gesichter gut erkennen, oder?«

»Ja, man sieht alle deutlich. Ich sehe sogar die Blume, die Tante Greta an ihren Kragen gesteckt hatte.«

»Ich habe es beim ersten Mal auch nicht gesehen. Im Grunde genommen bin ich erst draufgekommen, als die Dame aus dem Café gesagt hat, dass es furchtbar ist, wenn man nicht beide Hände gleichwertig benutzen kann. Bei ihr war es der Gipsarm und bei dem da ...« Sie stand jetzt auf und ging um den Schreibtisch herum. Sie zeigte auf die Hände von Livias Freund, Jens Friedrichs. »Sieh dir mal seine Hände an.«

Fokke nahm das Bild hoch. »Eine Hand von ihm sieht anders aus. Es ist ... warte mal, ihm fehlt an der rechten Hand der Daumen«, meinte Fokke. »Vielleicht hatte Jens einen Unfall?«

»Dann rufe bitte mal deine Tante an. Sie müsste es eigentlich wissen. Vielleicht hat er damals etwas in der Art erwähnt.«

Fokke wählte die Telefonnummer seiner Tante und sprach mit ihr. Gespannt lauschte er, was sie erzählte. Janneke versuchte, ihr Ohr an den Hörer zu legen. »Bist du ganz sicher, dass er euch das so erzählt hat?« Er bedankte sich und legte auf.

»Und was ist? Du hättest doch den Lautsprecher anstellen können.«

Fokke fuhr sich mit beiden Händen durch die Haare. »Sie sagt, dass der fehlende Daumen ein Geburtsfehler sei. So hatte es Jens damals erklärt, als ihn jemand aus dem Freundeskreis darauf angesprochen hatte. Tante Greta hat gesagt, das wäre auch das einzige Mal gewesen, dass diese Besonderheit erwähnt wurde.«

»Wie oft kommt so was vor? Ich meine, wie oft werden Kinder geboren ohne Daumen?« Janneke wurde ungeduldig. »Wir müssen das recherchieren. Kann ich an den Computer?«

»Erkläre mir erst einmal, was das soll. Wieso willst du wissen, wie oft solch ein Geburtsfehler vorkommt?« Fokke hatte sich zurückgelehnt und die Arme verschränkt.

»Lass mich erst mal etwas nachlesen«, meinte sie und trommelte ungeduldig mit ihren Fingern auf die Schreibtischplatte. »Bitte, Fokke, dann sage ich dir auch, was ich denke.«

Fokke nickte und machte den Stuhl vor dem Computer frei. Janneke setzte sich und rief eine Suchmaschine auf. Nachdem sie die entsprechenden Schlüsselwörter eingegeben hatte, öffnete sie einige Links und las den Inhalt durch. »Also hier steht, dass solch eine Fehlbildung vererbbar sein kann oder durch eine Fehlfunktion in der Schwangerschaft hervorgerufen wird.«

»Und wofür brauchst du diese Information?« Fokke war skeptisch.

»Moment ...« Janneke forschte weiter. »Ich möchte noch etwas nachlesen.« Konzentriert sah sie auf den Bildschirm des Computers. »Also häufig kann eine solche Fehlbildung nicht sein. Ich bin bis jetzt noch niemandem begegnet, den es betrifft. Bis auf einmal ...«

Fokke verdrehte entnervt die Augen. »Jetzt sag mir bitte, was in deinem Kopf vorgeht. Warum willst du das eigentlich wissen?«

»Ein Gast, ein älterer Herr aus Hannover, in Hanna-Evas Pension hat den gleichen Geburtsfehler. In den vergangenen Jahren hat er sich sehr oft und lange auf Spiekeroog aufgehalten. Es kann doch sein, dass er Livia von früher kennt und dieser ominöse Jens ist?«

»Ich finde das sehr abwegig. Warum sollte ein alter Mann aus Hannover Livia und Henning Mansen umbringen?«

Ernüchterung machte sich in Janneke breit. »Vielleicht ist da ja auch nichts und ich sehe Gespenster. Aber es kann doch sein, dass das Mordmotiv in der Vergangenheit liegt. Und denke daran, wenn er dieser Jens ist, dann ist er dringend tatverdächtig, Livia Mansens Verlobten vor fünfzig Jahren ermordet zu haben.« Entschlossen hob sie den Kopf. »Wir sollten auf jeden Fall seine Identität überprüfen.«

***

Die nächsten zwei Tage versuchte Janneke, nicht dauernd an den Verdacht zu denken, den sie dem Gast am Fenstertisch gegenüber hegte. Argwöhnisch, um Unauffälligkeit bemüht, beobachtete sie ihn. Aber nichts Außergewöhnliches konnte sie feststellen. Er nahm sein Frühstück ein und begab sich anschließend auf seine täglichen Spaziergänge.

»Sag mal, Bärbel, der Herr Gebert, geht er abends in ein Lokal zum Abendessen? Das Frühstück reicht ja nicht für den ganzen Tag.«

Bärbel schob zwei Tabletts übereinander. »Nein, er isst in seinem Zimmer. Hanna-Eva hat ihm einen Wasserkocher gegeben, damit er sich abends einen Tee machen kann. Dazu isst er nur Brot. Ich glaube, er lebt sehr karg. Und in seinem Zimmer ist alles immer tipptopp aufgeräumt.«

Fokke hatte ihr hoch und heilig versprochen, sich sofort zu melden, wenn er mehr Hintergrundinformationen hatte. Janneke hatte sich von Hanna-Eva aus den Anmeldeunterlagen die Heimatadresse des Gastes Gebert geben lassen und Fokke übermittelt. Auf die Nachfrage ihrer Cousine, wofür sie diese Information benötige, hatte Janneke nur knapp erklärt, das benutze sie zu Recherchezwecken, um ihr als Autorin zu verdeutlichen, wie jemand an Informationen über eine bestimmte Person herankommen kann. Hanna-Eva hatte nur verständnislos geguckt und den Kopf geschüttelt. »Das ist aber nur für dich. Nicht, dass du irgendwelche Daten weitergibst.«

»Nein, das ist nur für mich«, belog sie ihre Cousine. Wenn nichts dabei herauskommt, dann muss Fokke die Adresse einfach vernichten und dann wäre es so, als wäre nichts geschehen. Wenn sich aber irgendetwas ergeben sollte, dann wäre Hanna-Eva sicher nicht böse, wenn sie mit ihrer Information eine Straftat aufgedeckt hätte, dachte Janneke.

Die junge Schriftstellerin hatte sich am Nachmittag auf ihr Bett gelegt und kühlte ihren Fuß. Sie war nämlich blödsinnigerweise auf der Straße umgeknickt, weil sie zu schnell um die Ecke biegen wollte. Insgeheim musste sie sich eingestehen, dass ihr modischer Spleen, nur mit den High Heels herumzulaufen, ihr wohl noch mal Hals und Beinbruch bescheren würde.

Das Klingeln ihres Handys riss sie aus dem Tiefschlaf. »Ja?«

»Janneke?« Fokke klang aufgeregt. »Kannst du mal in mein Büro kommen? Ich habe was Interessantes entdeckt.«

»Bin schon unterwegs.« Wie der Blitz sprang Janneke vom Bett und schlüpfte in flache Turnschuhe. Sie schnappte sich ihre Tasche und rannte los.

»Mein Gott, ich wusste nicht, dass Frauen so neugierig sind.« Gelassen saß der Inselpolizist hinter seinem Schreibtisch und grinste sie an.

»Erzähl schon. Ich bin so was von gespannt«, pustete sie und streckte die Beine von sich, nachdem sie sich auf den Stuhl gesetzt hatte.

»Ich habe meine Kontakte nach Hannover spielen lassen. Einen Roman Gebert gibt es in der Stadt nicht.« Abwartend sah Fokke sie an.

»Und das ist ganz sicher?«

»Ein Kollege, den ich von einer Fortbildung kenne, hat das gründlich recherchiert. Und euer Gast hat wohl nicht nur einen falschen Namen bei der Anmeldung bei Hanna-Eva angegeben, die Adresse stimmt auch nicht. Unter der Hausnummer in der Willy-Brandt-Allee in Hannover findet man das niedersächsische Landesmuseum.« Fokke stützte seinen Kopf in seine linke Hand und dachte nach. Nach einer Weile setzte er sich gerade hin und sah Janneke an. »Damit wir jetzt nicht durcheinanderkommen, entwirren wir das Ganze mal. Jens Friedrichs und der Gast in der Pension haben beiden

den gleichen Geburtsfehler. Friedrichs wurde laut der alten Akte seinerzeit mehrmals befragt und war mehr oder weniger verdächtigt den Verlobten Gernod Riesinger erschlagen zu haben. Diese Spur haben die Kollegen laut Akte dann nicht weiterverfolgt. Wir haben zwar versucht, ihn zu finden, aber ohne Ergebnis.«

»Und unser Gast hat eine falsche Identität und Adresse angegeben, was aber noch nichts heißen will«, ergänzte Janneke. »Das kann auch einen ganz harmlosen Grund haben.«

»Eben. Außerdem können wir nicht beweisen, dass Gebert und Friedrichs ein und dieselbe Person sind.« Frustriert warf Fokke den Kugelschreiber, mit dem er die ganze Zeit gespielt hatte, auf seinen Schreibtisch.

»So ein Mist«, schimpfte Janneke.

»Das kannst du laut sagen.«

»So kommen wir auf keinen Fall weiter«, überlegte sie. »Wenn unsere Vermutung stimmt, dass er der Jens von früher ist, kann es doch kein Zufall sein, dass er sich ausgerechnet zu dem Zeitpunkt auf der Insel aufhält, wo seine ehemalige Freundin und ihr Mann ermordet werden. In beide Fälle ist Livia Mansen eingebunden. Das kann kein Zufall sein.« Sie runzelte die Stirn und schloss die Augen. »Und was machen wir jetzt?«

»Gute Frage.« Unschlüssig sah der junge Polizist aus dem Fenster. »Wir können auf keinen Fall die Kollegen vom Festland bitten, ihn zu überprüfen. Wir haben überhaupt keinen Beweis für unseren Verdacht.«

»Und wenn du ihn einfach befragst?«

»Er würde selbstverständlich alles bestreiten und wahrscheinlich sofort abreisen, wenn er Jens Friedrichs ist«, vermutete Fokke. »Das hat alles keinen Sinn.«

Einen Moment lang schwiegen beide und hingen ihren Gedanken nach.

Janneke räusperte sich und strich ihren Rock glatt. »Sag mal, die Spurensicherung hat doch in Livias Haus einen Fingerabdruck sichergestellt.«

Fokke nickte. »Ja, an der Hausklingel. Es war der einzige Abdruck, den man niemandem zuordnen konnte.«

»Wenn der ältere Mann Jens Friedrichs ist, dann können wir doch vermuten, dass er auch für den Doppelmord verantwortlich ist, obwohl wir das Motiv nicht kennen. Richtig?«

»Ja, theoretisch ist das so, denn er hatte ja mal eine enge Verbindung zu Livia Mansen. Aber wie sollen wir diese Theorie untermauern?«

Janneke überlegte kurz. »Wenn ich dir einen Gegenstand mit Fingerabdrücken unseres Gastes besorge, kannst du dann veranlassen, dass er mit dem Abdruck auf der Klingel verglichen wird?«

»Das ist illegal«, entgegnete Fokke.

»Aber es dient der Wahrheit.«

***

Janneke bestückte das Frühstücksbuffet mit frischen Brötchen und stellte zwei Platten mit Wurstaufschnitt daneben. Am Abend zuvor, beim täglichen Klönschnack in Hanna-Evas Küche, hatte Janneke ihrer Cousine offenbart, dass sie doch noch ein paar Tage auf der Insel bleiben wolle. »Ich brauche noch ein paar Informationen für mein Buch.«

Hanna-Eva hatte gelacht, denn sie hatte inzwischen mitbekommen, dass ihre Cousine leidenschaftlich an Mord und Totschlag interessiert war. »Von mir aus bleib noch ein bisschen.«

Genau das hatte Janneke hören wollen und ihrer Cousine versprochen, sich weiterhin mit Bärbel um das tägliche Frühstück der Gäste zu kümmern. Dass sie vorhatte, sich Fingerabdrücke von dem älteren, stillen Herrn vom Fenstertisch zu besorgen, hatte sie wohlweislich der Pensionswirtin verschwiegen. Denn diese würde es gewiss nicht gutheißen, wenn sie die Gäste der Pension Strandlooper ausspionierte.

Ihr Vorhaben auszuführen, stellte sich doch schwieriger dar, als Janneke zuerst vermutet hatte. Unauffällig beobachtete sie am nächsten Morgen den Mann während des Frühstücks. Der Professor bestückte seinen Teller mit Wurst und Käse und trug ihn in der linken Hand haltend zu seinem Tisch. Noch zweimal lief er zum Buffet, um sich Brötchen und Obst jeweils auf einen Teller zu legen und an seinen Tisch zu bringen. Die kleine Kanne Tee brachte Bärbel zu ihm an den Tisch, damit er nicht noch einmal laufen musste. »Ich hatte es ihm angeboten, als er das erste Mal hier war«, erklärte Bärbel auf Jannekes Nachfrage. »Der arme Kerl läuft sich ja sonst die Füße platt. Er hat mir erzählt, dass er früher beide Hände eingeschränkt benutzen konnte, weil er einige Dinge auf seiner flachen rechten Hand balanciert hat. Aber jetzt sieht er nicht mehr so gut und hat Angst, etwas fallen zu lassen.«

Würde es ausreichen, überlegte Janneke, wenn sie sich das Besteck oder eine Tasse nahm, welches er benutzt hatte? Das erschien ihr aber nicht sinnvoll, denn das Geschirr ging genauso wie das Besteck durch mehrere Hände, ehe es auf dem Frühstückstisch lag, und war sicher mit mehreren Fingerabdrücken versehen. Sie musste sich etwas anderes einfallen lassen.

Die Schulferien in Norddeutschland hatten begonnen und die Pension war bis auf das letzte Bett ausgebucht. Die beiden jungen Frauen hatten alle Hände voll zu tun. Eine Frau aus Bremen fragte Janneke nach dem Postamt, ein Ehepaar aus Bayern bat um ein zusätzliches Kopfkissen. Janneke und Bärbel erledigten routiniert alle Aufgaben und erfüllten, soweit es im Bereich des Machbaren war, alle Gästewünsche.

Der stille Herr vom Fenstertisch nahm auch am nächsten Tag sein Frühstück ein, ohne mit einem der anderen Gäste Kontakt aufzunehmen. Anschließend nickte er den beiden jungen Frauen zu und verließ die Veranda. Janneke konnte eine Viertelstunde später sehen, wie er das Haus verließ.

Inzwischen waren drei Tage vergangen, seit sie mit Fokke in dessen Büro gesessen hatte und der junge Polizist ihr erklärt hatte, dass sich der Gast Roman Gebert unter einer falschen Adresse in der Pension eingemietet hatte.

Am Nachmittag, Janneke hatte gerade mit Onkel Hinrich in Amdorf telefoniert, rief sie das Telefonbuch im Internet auf und stellte fest, dass es in ganz Deutschland keinen Anschluss zu diesem Namen kannte. Also war womöglich nicht nur die Adresse falsch, sondern auch der Name. Wer war dieser Mann?

Um auf andere Gedanken zu kommen, schlüpfte sie in ihre Laufschuhe und lief über den gepflasterten Dünenweg zum Strand. Es war heiß an diesem Tag und es hatte den Anschein, als ob sich alle Gäste von Spiekeroog zum Strand begeben hatten.

Janneke zog ihre Schuhe aus, lief am Wassersaum entlang und genoss den weichen Sandboden, der auf angenehme Art ihre Fußsohlen massierte. Auch wenn sie sich auf zu Hause freute und Sehnsucht nach ihrer Katze Fräulein Schneider hatte, bedauerte sie es, bald dieses schöne Fleckchen Erde verlassen zu müssen.

Müde und zufrieden kehrte sie in ein Ausflugslokal, das oberhalb der Dünen lag, ein und bestellte sich ein großes Glas Apfelsaftschorle. Das junge Mädchen, welches ihre Bestellung aufgenommen hatte, brachte ihr das Glas, das sie fest umschlossen mit ihren Fingern auf dem unebenen Weg zu ihr an den Tisch brachte. Unverhohlen starrte Janneke auf die Hand der Bedienung, die vorsichtig das Glas vor ihr auf den Tisch stellte. Janneke wusste jetzt, wie sie an die Fingerabdrücke des ominösen Gastes kommen würde.

***

»Was machst du denn?« Bärbel stand neben Janneke in der Küche neben der Frühstücksveranda und sah zu, wie sie mit großer Kraftanstrengung Orangen auspresste. »Wir haben doch fertigen Orangensaft. Du brauchst dich doch gar nicht so zu bemühen.«

»Lass mal«, stöhnte Janneke und wischte sich mit ihrem Unterarm über die Stirn. »Ich will etwas testen für meinen neuen Roman. Deshalb muss ich das machen.« Eine bessere Ausrede fiel ihr im Moment nicht ein, aber Bärbel war mit der Antwort zufrieden. Nachdem sie einen Liter Saft produziert hatte, nahm sie aus dem Küchenschrank siebzehn kleine Gläser und füllte alle bis auf eines mit dem frisch gepressten Saft. Das letzte der Gläser polierte sie gründlich mit einem Geschirrtuch, füllte es ebenfalls mit Saft und stellte es in die Ecke des Tabletts, auf dem sie bereits die anderen Gläser abgestellt hatte.

»Willst du die jetzt unters Volk bringen?«

»Ja, ich habe gerade nachgezählt. Es sitzen noch siebzehn Gäste beim Frühstück.«

»Und das machst du alles nur, weil du Autorin bist?«

Janneke nickte. »Genau deshalb. Das ist nur so eine Art Test.«

Ratlos sah Bärbel Janneke nach, wie diese nun von Tisch zu Tisch ging und den Gästen mit den Worten »Ein kleiner Gruß aus der Küche« die Vitaminbombe servierte. Bei Roman Gebert angekommen, nahm sie das Glas, welches sie gründlich von allen etwaigen Spuren befreit hatte, und stellte es mit dem gleichen Spruch vor ihn hin. Er bedankte sich und sie brachte das leere Tablett in die Küche. Unauffällig beobachtete sie den Herrn am Fenstertisch und lief, sobald er aufgestanden und mit einem kurzen Nicken die Veranda verlassen hatte, zu seinem Tisch und stülpte über das leere Orangensaftglas einen Beutel aus Baumwolle, den sie dann in der Küche unten im Vorratsschrank versteckte. Bärbel war zum Glück mit der Kaffeemaschine beschäftigt und beachtete sie nicht.

Erst zwei Stunden später, Bärbel hatte das Haus längst verlassen und Hanna-Eva brütete über ihrer Buchführung, holte sie den Baumwollbeutel aus dem Schrank und verließ ebenfalls die Pension.

## 17. Kapitel

»Du hast das nicht wirklich gemacht?« Fokke Visser stand vor Janneke, die ihm den geöffneten Beutel entgegenhielt.

»Hier sind seine Fingerabdrücke drauf«, erklärte sie. »Und meine. Ich musste ja das Glas vor ihn hinstellen.«

»Ach du Scheiße«, entfuhr es dem jungen Mann und er kratzte sich ratlos am Kopf. »Was mache ich denn jetzt mit dem Kram?«

»Du rufst deinen Kollegen auf dem Festland an und sagst ihm, dass du das Glas mit der Fähre nach Neuharlingersiel schickst und er es dort von Bord holen kann. Vorher musst du mir zur Sicherheit auch noch meine Fingerabdrücke abnehmen, damit die Herren dort drüben nicht irritiert sind.« Janneke legte den Beutel auf seinen Schreibtisch. »Ich fresse einen Besen, wenn der harmlose Gast in der Pension nicht Jens Friedrichs ist.«

Fokke machte keine Anstalten zu telefonieren. Stattdessen saß er da und grübelte. »Das kann mich meinen Kopf kosten.«

Janneke lief gelassen im Raum hin und her. »Du sollst das ja nicht offiziell machen. Dein Kollege hat da doch sicher seine Verbindungen, ohne dass die Obrigkeit davon Wind bekommt. Wenn nichts herauskommt, bewahren wir alle Stillschweigen. Wenn aber die Fingerabdrücke übereinstimmen, ist das eine heiße Spur und die Kollegen müssen unseren Gast zumindest befragen, wann und vor allem warum er an dem Haus von Livia und Henning Mansen geklingelt hat.«

»Nun gut«, stöhnte Fokke und griff zum Hörer. Janneke ging durch die Hintertür raus und setzte sich in die Sonne. Sie wollte Fokke durch ihre Anwesenheit nicht unnötig nervös machen. Ganz leise hörte sie seine Stimme, er schien sich sehr angeregt mit dem Kollegen in Wittmund zu unterhalten.

Während sie wartete, wählte sie Aaltjes Handynummer. Es waren mehrere Tage vergangen, seit sie von Livias Tochter etwas gehört hatte. Es meldete sich nur die Mailbox und sie hinterließ eine Nachricht mit der Bitte, sie zurückzurufen.

»Er macht es«, sagte Fokke. Mit verschränkten Armen stand der Inselpolizist in der Hintertür. »Ich habe das Glas schon verpackt und mit dem Käpten der Fähre gesprochen. Mein Kollege holt es drüben direkt bei ihm ab.«

»War doch ganz einfach, oder?«

Er grinste. »In der Kammer steht der Besen. Du kannst ihn schon mal herausholen.«

***

»Hoogestraat?«, meldete sich Janneke, als ihr Mobiltelefon klingelte.

»Moin, hier ist Aaltje. Aaltje Martínez«, meldete sich eine betrübt klingende Stimme. »Sie hatten mir auf meine Mailbox gesprochen.«

»Danke, dass Sie zurückrufen. Wie geht es Ihnen denn?«

»Nicht so besonders«, sagte Aaltje. »Ich bin ein bisschen durcheinander.«

»Das ist nicht so schön. Wollen wir uns nicht zu einem Kaffee treffen? Wir könnten uns ein wenig unterhalten.«

Aaltjes Stimme klang jetzt freudiger. »Das wäre schön.«

»Sagen wir, in einer Viertelstunde im Inselcafé?«

»Ja, das ist gut. Bis gleich.«

Janneke nahm ihren Notizblock, in dem sie sich in der vergangenen Stunde in Hanna-Evas Garten sitzend einige Notizen zu ihrem Manuskript gemacht hatte, und steckte ihn in ihre Handtasche.

Das Inselcafé erreichte sie innerhalb weniger Minuten und setzte sich an einen runden Fenstertisch, an dem sie sich ungestört mit Aaltje unterhalten konnte.

Diese stand abgehetzt schon Minuten später vor Janneke und versuchte, wieder gleichmäßig zu atmen. »Ich bin gerannt. Ich wollte pünktlich sein und wusste nicht, wie lange ich vom Hotel hierher brauche.«

»Auf Spiekeroog haben Sie überallhin kurze Wege. Und irgendwann stößt man auf Wasser.« Janneke lächelte. »Stimmt auch nicht so ganz. In den Dünen kann man schon lange Wanderungen machen, ohne dass man ins Meer fällt.«

Aaltje setzte sich. »Ich bin ein wenig ... wie soll ich sagen, emotional berührt. Ich lese gerade das Tagebuch meiner Mutter. Sie beschreibt, wie sie mit dem Verlust ihres Verlobten, also meines Vaters, umgegangen ist. Ihr ging es damals nicht so gut.«

»Das kann ich mir vorstellen«, meinte Janneke und beobachtete ihr Gegenüber. Aaltje sah wirklich blass aus. Der Inhalt des Tagebuchs ging ihr augenscheinlich sehr nah.

»Damals war es wohl noch eine mittlere Katastrophe, wenn man als unverheiratete Frau ein Kind erwartete. Sie schreibt, dass sie meinem Stiefvater wirklich dankbar war, als er ihr einen Heiratsantrag gemacht hat.«

Janneke nickte. »So hat es Greta Visser auch beschrieben. Heute ist das ja alles viel lockerer. Viele Frauen bekommen heute ein Kind ohne Trauschein.«

»Eine Liebesheirat war das sicher nicht«, stellte Livias Tochter ernüchtert fest. »Ich kann mich jedenfalls nur an Streitereien erinnern.«

Die Bedienung hatte inzwischen den bestellten Kaffee gebracht und die beiden Frauen nahmen den ersten Schluck.

»Haben Sie etwas von der Polizei gehört wegen des Todes meiner Mutter und meines Stiefvaters? Ich habe vorgestern in Wittmund angerufen, aber der zuständige Kommissar hat mir gesagt, dass es keinerlei neue Erkenntnisse gibt.«

»Manchmal dauern Ermittlungen etwas länger.« Janneke biss in den Keks, der auf dem Unterteller ihrer Tasse lag. Auf keinen Fall würde sie Aaltje von ihrem ersten Verdacht gegen den Pensionsgast berichten. Seit heute Morgen war sie sich nämlich gar nicht mehr so sicher, dass der ältere Herr in der Pension und Jens Friedrich ein und dieselbe Person waren. Sie hatte ihn beobachtet, wie der alte Mann mit unsicheren Schritten seinen Frühstücksteller zu seinem Tisch trug und fast liebevoll die Kornblumen, die neben ihm auf der Fensterbank standen, berührte. Die zufällige Entdeckung des gleichen

Geburtsfehlers von Livia Mansens Jugendfreund und dem Professor hatte sie überreagieren lassen. Roman Gebert war sicher nur ein ganz normaler Tourist, der die Insel Spiekeroog besonders liebte und sich deshalb oft und lange hier aufhielt.

»Frau Hoogestraat, dürfte ich Sie um einen Gefallen bitten?«, riss Aaltje Janneke aus ihren Gedanken.

»Gerne.«

»Ich bin in einer halben Stunde mit dem Makler verabredet, der sich das Haus ansehen will. Würden Sie mich eventuell begleiten? Mir ist das alles ein bisschen unangenehm.«

»Natürlich mache ich das«, versicherte die junge Ostfriesin. »Wenn wir unseren Kaffee getrunken haben, machen wir uns auf den Weg.«

Aaltje lächelte erleichtert. »Ich lade Sie ein«, sagte sie, als die Bedienung die Rechnung brachte.

Der Makler, ein großer, stämmiger Mann mit einem Vollbart, erwartete sie schon vor Aaltjes Elternhaus. Sein Händedruck war angenehm leicht und sein Lächeln freundlich.

»So, die Damen, dann wollen wir uns das gute Stück einmal anschauen«, vermeldete er gut gelaunt und ließ Aaltje mit einer leichten Verbeugung an sich vorbeigehen. Sie betraten den Flur und der Makler, der sich als Björn Kessler vorgestellt hatte, zückte einen Notizblock, schritt von Raum zu Raum und machte Fotos. Mithilfe eines Lasermessgeräts vermaß er jeden einzelnen Raum und trug alles in eine Tabelle in seinem Buch ein. »Ein sehr hübsches Haus«, bemerkte er zwischendurch und nickte anerkennend. »Natürlich muss der neue Eigentümer einiges renovieren, aber ansonsten ...« Er pfiff anerkennend. »Die Insellage ist natürlich hervorragend.«

Aaltje war Janneke und dem Makler mit gesenktem Blick gefolgt. Ihr war es sichtlich unangenehm, sich so intensiv mit den jetzt leeren Räumen zu beschäftigen. »Ich muss bald hier raus«, flüsterte sie Janneke zu, als sie in der Garage standen.

»So, die Damen«, verkündete Kessler und zog einen kleinen Taschenrechner aus seiner Hosentasche. Nach noch nicht einmal einer Minute schien er sein Werk beendet zu haben und sah Aaltje an. »Ich muss das alles noch einmal gründlich durchgehen, aber ich denke, einen ungefähren Verkaufspreis kann ich Ihnen schon mitteilen.« Er nannte eine hohe sechsstellige Summe, die Janneke schwindlig werden ließ.

Sie wollte gerade eine Bemerkung machen, da meldete sich ihr Handy. Es war Fokke, der sie bat, so schnell wie möglich in die Polizeistation zu kommen.

***

Vor der Tür des Hauses verabschiedete sich der Makler und versprach, Aaltje sobald wie möglich eine Kopie des Exposés zukommen zu lassen. »Ich werde mich auch wegen des Verkaufspreises in Kürze bei Ihnen melden.«

Aaltje nickte abwesend und bedankte sich. Janneke hatte es eilig, wollte aber Aaltje nicht einfach stehen lassen.

»Vielen Dank, dass Sie mich begleitet haben, aber es geht mir schon bedeutend besser.« Sie drückte Janneke die Hand. »Ich melde mich bei Ihnen.«

»Lassen Sie es sich gut gehen«, wünschte sie der Wissenschaftlerin und machte sich auf den Weg in die Polizeistation. Hoffentlich hatte Fokke keinen Ärger bekommen, betete sie, denn das wäre ihr mehr als unangenehm gewesen.

Fokke saß gut gelaunt an seinem Schreibtisch und hielt ihr einen Zettel hin. »Hier, lies mal. Der Anruf kam vor zwanzig Minuten, ich habe alles aufgeschrieben.«

Aufgeregt nahm sie den Zettel entgegen und las den Text:

*Fingerabdruck Glas und Fingerabdruck auf der Klingel am Tatort sind identisch.*

Langsam ließ Janneke das Blatt sinken. »Soll das heißen, er ist es?«

Fokke nickte. »Du hast recht gehabt. Die Fingerabdrücke stimmen überein.« Er runzelte die Stirn. »Was nicht beweist, dass er ein Doppelmörder ist. Auch ist das kein Indiz dafür, dass er mit dem Tod von Livias Verlobtem vor fünfzig Jahren etwas zu tun hat.«

»Und was jetzt?«

»Ich habe mit den Kollegen von der Soko Insel gesprochen. Sie kommen morgen früh mit der ersten Fähre und werden den Verdächtigen befragen. Sie werden auch offiziell einen Fingerabdruck abnehmen.« Er atmete erleichtert auf. »Dann bin ich wenigstens aus dem Schneider.«

»Und was machen wir bis dahin? Soll ich ihm morgen wie gewohnt sein Frühstück servieren?« Der Gedanke daran ließ Janneke erschaudern.

»Genauso ist es. Erst mal bleibt alles, wie es ist. Und Janneke ... kein Wort zu irgendwem, verstanden?« Er sah sie sehr ernst an.

»Oh Gott, wenn ich das gewusst hätte ... das ist ja mehr als unangenehm.«

»Das Schlimmste, was passieren kann, ist, dass der Mann überhaupt nichts mit den Mordfällen zu tun hat und nur aus einem ganz harmlosen Grund am Hause der Mansens geklingelt hat.«

»Dann gehe ich jetzt nach Hause«, murmelte sie und ging zur Tür. »Wie läuft das morgen denn ab?«

»Wenn die Kollegen hier ankommen, werden wir in die Pension kommen.«

»Und wann ist das ungefähr?«

Der Inselpolizist überlegte kurz. »Ich denke, wir werden gegen neun Uhr bei euch eintreffen und Herrn Gebert, beziehungsweise Herrn Friedrichs, bitten mitzukommen, damit sie ihm einige Fragen stellen können.«

»Dann sitzt er noch beim Frühstück.« Janneke nickte noch kurz und verließ das Gebäude. Sie hatte es gar nicht eilig, nach Hause zu gehen. Wahrscheinlich konnte sie vor lauter Aufregung heute Nacht nicht schlafen.

Die Pension schien wie ausgestorben. Hanna-Eva saß in ihrem Büro und füllte irgendwelche Formulare aus. »Ich mache uns ein Bauernfrühstück«, versprach sie lächelnd und sah ihre Cousine irritiert an, als sie deren betrübtes Gesicht sah.

»Tut mir leid, aber ich habe mir irgendwas eingefangen. Mir ist ganz komisch.« Janneke fuhr sich über die Stirn. So ganz gelogen war das nicht, sie fühlte sich wirklich wie durch die Wäschemangel gedreht.

»Soll ich dir einen Tee machen?«

»Danke, das ist lieb von dir, aber ich denke, ich lege mich gleich hin.« Sie hoffte, dass ihre Cousine nicht böse auf sie sein würde, wenn morgen früh hier ein Polizeiaufgebot das Haus stürmte.

Die Nacht verbrachte Janneke im Sessel sitzend. Zwischendurch schlief sie kurz ein, aber als der erste Sonnenstrahl schien, war sie hellwach. Sie duschte, zog sich an und ging wie jeden Morgen in den Frühstücksraum.

»Hast du heute Nacht Party gefeiert?« Bärbel grinste und hob mahnend den Finger. »Solltest du nicht, wenn du am nächsten Morgen früh aufstehen musst.«

Janneke murmelte etwas von einem verdorbenen Magen und versuchte, ihre Arbeit zu erledigen. Sie vermied es, sich im Gastraum aufzuhalten, denn sie wollte auf keinen Fall dem Professor begegnen.

Um kurz nach neun betraten zwei Herren in Zivil die Pension und gingen ohne Umschweife zum Fenstertisch. Leise sprachen sie mit dem Gast, der erhob sich kurz darauf und verließ mit den beiden Männern die Veranda. Janneke war verblüfft, wie unauffällig die ganze Sache abgelaufen war, ihre ganze Aufregung war umsonst gewesen. Im Küchenschrank fand sie eine angebrochene Flasche mit Sanddornschnaps. Obwohl sie noch nichts gegessen hatte, goss sie sich einen ordentlichen Schluck ein und stürzte den Schnaps hinunter. Anschließend musste sie heftig husten, weil der Alkohol ihr die Luft nahm.

***

Nachdem die Pensionsgäste ihr Frühstück beendet hatten und alles wieder an seinem Platz stand, verabschiedete sich Bärbel, um die Zimmer der Gäste in Ordnung zu bringen. Janneke trödelte noch ein wenig herum und versuchte, ihre Unruhe in den Griff zu bekommen. Was geschieht da gerade in der Polizeistation?, fragte sie sich immer wieder und hielt es vor lauter Neugier kaum noch aus. Hanna-Eva und auch Bärbel hatten von der ganzen Aktion nichts mitbekommen. Es war so, als wäre nichts geschehen.

»Ich gehe ein bisschen spazieren«, verabschiedete sie sich von ihrer Cousine und ging Richtung Polizeistation. Dass sie da nicht einfach aufkreuzen konnte, war ihr klar. Vielleicht gab es einen anderen Weg, auf dem sie an Informationen kommen konnte? Kurz bevor sie am Ziel eintraf, fiel ihr die Hintertür ein, die, wenn sich jemand im Gebäude aufhielt, immer unverschlossen war. Sie zog ihre Schuhe aus und lief barfuß auf dem Rasen am Gebäude entlang, bis sie zu der kleinen Terrasse kam, auf der Fokke immer seine Zigarettenpause machte. Wie erwartet war die Tür unverschlossen und Janneke schob sie langsam auf. Sie hörte mehrere Stimmen, konnte aber die einzelnen Worte nicht verstehen. Sie schlich sich so weit nach vorne, bis sie direkt hinter der geöffneten Tür stand, die ins Büro führte. Nun konnte sie jedes Wort verstehen, als wäre sie mitten im Raum.

»Dann erzählen Sie uns einfach die ganze Geschichte von Anfang an«, hörte Janneke eine fremde Männerstimme nebenan. »Beginnen Sie einfach ganz von vorne ...«

## 18. Kapitel – 1967

Nur mit Mühe hatte Jens Friedrichs am Abend des 18. September die Fähre nach Neuharlingersiel noch erreicht. Das war knapp, aber er hätte keine Minute länger auf der Insel bleiben können. Das Beste wäre, er könnte alles, was sich auf Spiekeroog zugetragen hatte, einfach vergessen. Livia war ein Aas, anders konnte man ihr arrogantes Verhalten nicht bezeichnen. Gut, er hatte sie manchmal etwas fest angefasst, aber war das ein Grund, ihn einfach abzuservieren? Sie hatte ihn nur ausgenutzt und hinters Licht geführt.

Einen Moment lang hatte er gedacht, sie hätte sich an dem Geburtsfehler an seiner rechten Hand gestört und ihn deshalb zum Teufel geschickt. Diese Vermutung verwarf er aber wieder, denn Livia hatte nie etwas Derartiges erwähnt. Der fehlende Daumen war nur einmal Thema bei den Freunden auf Spiekeroog gewesen, als diese nach dem Grund dieser Fehlbildung gefragt hatten.

Als er von der Existenz des angeblichen Verlobten etwas mitbekommen hatte, war er ausgerastet. Er war es nicht gewohnt, dass er nicht das bekam, was er wollte. Als sie mit ihm Schluss gemacht hatte, war in seinem Kopf ein Vakuum entstanden, das die vergangenen Stunden in einen undurchsichtigen und zähen Nebel tauchte. Sein vernebeltes Gehirn begann, sich zu lichten, als er dem Festland immer näher kam.

In Neuharlingersiel stieg er in seinen alten Ford und fuhr nach Hannover. Seine Wirtin hob erstaunt die Augenbrauen, als er plötzlich in der Tür stand.

»Ist etwas passiert? Sie wollten doch länger auf der Insel bleiben?« Sorgenvoll sah ihn die Beamtenwitwe an.

»Nein, alles in Ordnung«, presste er zwischen seinen Zähnen hervor. »Ich habe es mir nur anders überlegt.«

Die folgenden Tage verließ er sein Zimmer kaum. Er schwankte zwischen Wut und Verzweiflung. Seine Wirtin machte sich jetzt ernsthaft Sorgen um ihren Untermieter. »Sie sehen zum Fürchten aus, ganz blass um die Nase.« Ihr Ansinnen, einen Arzt zu rufen, lehnte er vehement ab.

Nach zwei Wochen lief er zum Postamt und suchte sich aus dem Telefonbuch die Nummer der Gaststätte *Deichkrone* auf Spiekeroog heraus. Klaas, der Sohn des Inhabers, der ebenfalls zu der Spiekerooger Clique gehörte, war nicht im Haus. Ein weiteres Mal musste er anrufen, ehe er Klaas an der Strippe hatte. »Moin Klaas, Jens hier.«

Einen Moment war es still in der Leitung, dann flüsterte Klaas: »Du traust dich aber was. Die suchen dich alle hier.«

»Wie geht es Livia?« Jens ignorierte Klaas' Worte. »Ich meine, unter diesen Umständen?«

»Du hast echt Nerven«, nuschelte der Spiekerooger. »Ich kann nicht so laut ... wenn mein Vater mitbekommt, dass ich mit dir rede, dann habe ich die Scheiße am Hals. Am besten du legst auf und rufst nie wieder an.«

»Warte«, schrie Jens in den Telefonhörer und zog die Tür der Zelle am Postamt fest zu. »Livia, wie geht es ihr?«

Klaas holte tief Luft. »Damit du es weißt, Henning hat ihr einen Heiratsantrag gemacht und die beiden werden im November heiraten.«

»Das ist nicht dein Ernst.«

»Ich werde deinen Anruf vergessen, aber nur, wenn ich nie wieder etwas von dir höre.«

Ehe Jens etwas erwidern konnte, hatte Klaas aufgelegt. Dass Livia von einem anderen Mann ein Kind erwartete, war schon schlimm genug. Aber dass sie Henning heiraten wollte, war zu viel für ihn. Das hätte sein Kind, seine Familie sein können.

Die Polizei befragte ihn mehrmals zum Mord an Gernod Riesinger. Er gab zu, dass er eifersüchtig auf den neuen Freund seiner ehemaligen Freundin gewesen sei. Weiterhin sagte er aus, noch am Abend des Streites mit Livia die Insel verlassen zu haben. Da man, auch nach mehrmaligen Befragungen, keine weiteren Verdachtsmomente oder schlüssigen Beweise gegen ihn hatte, ließ man ihn endlich in Ruhe.

An eine Fortsetzung seines Studiums war nicht zu denken, aber der Gedanke, das Land zu verlassen, wurde immer stärker. Was hielt ihn schon hier? Seine Eltern lebten nicht mehr und der einzige Mensch, der ihm nahegestanden hatte, war Livia, und die hatte einen anderen Mann ihm vorgezogen. Es war besser, alle Brücken hinter sich abzubrechen.

Schon einen Monat nach seiner Rückkehr von der Insel nahm er Kontakt mit Onkel Daniel, dem Bruder seines Vaters, in Boston auf. Die erforderlichen Papiere für seine Auswanderung konnte er schnell besorgen, weil sein Onkel ihm die nötige Unterstützung zuteilwerden ließ und für ihn bei den amerikanischen Behörden bürgte.

Mitte Dezember 1967 verließ er über Bremerhaven Deutschland, mit der Absicht, nie mehr zurückzukehren.

Daniel Friedrichs lebte in einem Vorort von Boston in einem heruntergekommenen Haus. Die Familie seines Onkels gab sich alle Mühe, ihm das Leben in der neuen Heimat so angenehm wie möglich zu machen.

Durch die Vermittlung seines Onkels fand er eine Anstellung in einem Möbelgeschäft. Sein Chef war sehr zufrieden mit ihm und beförderte ihn schon nach kurzer Zeit zum Abteilungsleiter. Die Arbeit machte ihm Spaß, aber er konnte Livia nicht vergessen.

Zwei Jahre später heiratete er die Tochter seines Chefs, die sich aber nach weiteren zwei Jahren von ihm scheiden ließ.

Mit viel Fleiß und Ausdauer kam Jens Friedrichs im Laufe der Jahre zu einem recht ansehnlichen Vermögen, indem er mehrere eigene Möbelhäuser eröffnete. Viele Freunde hatte er nicht, er war egozentrisch und schwierig im Umgang mit seinen Mitmenschen.

Mitte der achtziger Jahre heiratete er erneut. Rachel Gebert war eine Tochter deutscher Einwanderer und bemühte sich jahrzehntelang vergeblich, aus einem mürrischen Ehemann einen lebenslustigen Menschen zu machen.

Jens hingegen musste feststellen, dass er die alte Geschichte nicht vergessen konnte und seine Wut und die Rachegelüste immer stärker wurden.

Er beauftragte eine Detektei in Deutschland, die ihm schließlich berichtete, dass Livia und Henning Mansen immer noch auf Spiekeroog lebten und Livias Tochter die Insel bereits verlassen hatte.

Den Ausschlag, eine Reise in die alte Heimat zu wagen, gaben Rachels Tod und eine Herzoperation, die er nur knapp überlebt hatte. Jens hatte zunehmend das Gefühl, dass er noch etwas vollenden musste. Erst dann konnte er sich frei fühlen.

***

Ab 2015 flog er regelmäßig nach Deutschland und verbrachte einige Wochen in der Pension Strandlooper auf Spiekeroog. Er reiste unter dem Mädchennamen seiner Frau an. Roman war sein zweiter Vorname. So wurde er zu Roman Gebert.

Er verhielt sich unauffällig, sprach kaum ein Wort und beobachtete das Haus von Livia und ihrem Mann. Immer wieder kehrte er auf die Insel zurück, damit die Menschen auf der Insel ihn zumindest vom Sehen kannten und er nicht als der Fremde eingestuft wurde. Unauffällig kundschaftete er das Umfeld von Livia und ihrem Mann aus. Er wusste schließlich genau, wann die Friseurin, die Putzfrau und der Briefträger kamen.

Er konnte von Weitem beobachten, wie Livia mit einem Rollator vor ihr Haus trat und sich auf einen kleinen Spaziergang aufmachte. Er folgte ihr in angemessenem Abstand und konnte nur mit Mühe den Impuls unterdrücken, sie anzusprechen.

An einem heißen Augusttag traf er unverhofft auf seine Jugendliebe. Livia Mansen bemühte sich, mit ihrem Gehwagen den Dünenweg hochzulaufen. Unvermittelt stand er vor ihr. Keiner von beiden sprach ein Wort. Ihr Gesicht war alt und faltig, aber die Augen blitzten noch genauso heftig und vorwitzig wie bei der jungen Livia. Sie standen sich wortlos gegenüber, aber er sah in ihrem Gesicht, dass sie ihn erkannt hatte. Ihr Blick wanderte zu seiner rechten Hand, als ob sie sich vergewissern wollte, dass sie sich nicht getäuscht hatte. Ein bitterer Zug machte sich um ihren Mund breit, als sie den fehlenden Daumen registrierte. Er senkte schnell den Kopf und setzte hastig seinen Weg fort. Die unvermittelte Begegnung hatte ihn irritiert. Sollte er jetzt abreisen? Seinen Plan aufgeben? Die ganze Zeit hatte er sich bemüht, niemandem zu nahe zu kommen. Vor allem nicht Livia und ihrem Mann. Konnte er es riskieren, seinen Plan weiterzuverfolgen? Was würde geschehen, wenn Livia jemandem von der Begegnung erzählen würde? Was könnte sie sagen? Sie hatte ihren Jugendfreund getroffen, den sie einst so schnöde verlassen hatte, sonst nichts. Wen interessierten schon Dinge, die vor fünfzig Jahren geschehen waren? Lange hatte er sich mit seinem Vorhaben auseinandergesetzt und war der Ansicht, dass er jetzt nicht aufgeben durfte. Da er sich nur in der Saison auf der Insel aufhielt, war es unwahrscheinlich, dass ihn jemand bei der Vielzahl der Sommergäste als den Jens Friedrichs von damals erkennen und ihm unangenehme Fragen stellen würde. Oder war es doch besser ...? Nein, das kam nicht infrage. Stattdessen war Vorsicht geboten, damit er nicht noch einmal Livia oder ihrem Mann begegnete.

Auf seinen langen Spaziergängen auf der Insel dachte er über sein bisheriges Leben nach. Seine missgebildete Hand hatte ihn in jungen Jahren kaum beeinträchtigt. Etwaige Einschränkungen konnte er immer mit viel Fantasie und Geschicklichkeit ausgleichen. Je älter er aber wurde und je schlechter seine Gesundheit wurde, umso schwerer fiel es ihm, mit dieser Behinderung umzugehen.

Wäre sein Leben eventuell anders verlaufen, wenn sein Vater ihn nicht wegen jeder Kleinigkeit verprügelt hätte? Wäre es ihm dann leichter gefallen, sich auf seine Mitmenschen einzulassen und ein echtes Gefühl für sie zu entwickeln? Er kam zu dem Schluss, dass alles so gekommen war, wie es sollte, und niemand konnte sein Schicksal im Nachhinein ändern. Es galt jetzt, seinen Plan auszuführen.

Bei seinem nächsten Besuch in Deutschland besorgte er sich einen Elektroschocker, den er dahingehend manipulierte, dass er sich nicht wie vom Hersteller vorgesehen nach zehn Sekunden abschaltete, sondern so lange funktionierte, bis man den Einschaltknopf wieder losließ.

Sein Zimmer in der Pension hatte er bereits gebucht und bei Frau Bleeker als Aufenthaltsdauer mehrere Wochen angegeben. Sein Vorhaben wollte er jedoch gleich zu Beginn seines Aufenthalts in die Tat umsetzen. Danach, so hatte er sich vorgenommen, wollte er noch eine Weile bleiben und sehen, ob man die Mordopfer vermissen würde. Sein Ziel war es, wenn möglich, erst nach Abschluss der Ermittlungen die Insel zu verlassen. Er nahm sich vor, den alle vierzehn Tage erscheinenden *Inselboten* aufmerksam zu lesen und genauestens zuzuhören, was in seiner Umgebung über die weitere Entwicklung im Mordfall Mansen gesprochen wurde.

Immer und immer wieder ging er alle Schritte durch. Nichts durfte er dem Zufall überlassen. Eine Haftstrafe würde er nicht überleben.

Er wählte für seinen Besuch bei Livia und Henning Mansen einen Donnerstag, denn die Friseurin kam erst am Freitagnachmittag. Somit würde zwischen Tat und Auffindung der Leichen, wenn nichts dazwischenkam, eine geraume Zeit vergehen und er könnte sich wie immer unauffällig auf der Insel bewegen, ohne dass jemand ihn mit den Ereignissen in Verbindung bringen würde.

Am Donnerstag gegen zwölf Uhr wählte er die Telefonnummer des Hauses im Friederikenweg.

»Mansen?«

Ihre Stimme klang so wie die eines jungen Mädchens. Sein erster Impuls war, sofort wieder aufzulegen, aber er hatte nur diese eine Chance. »Hier ist Jens.«

»Was willst du?«, polterte sie.

»Ich denke, es ist an der Zeit, dass wir die Vergangenheit begraben. Wir sollten reden.« Im Hintergrund hörte er eine Männerstimme.

»Wer ist das denn?« Jens erkannte Hennings Stimme.

»Es ist Jens«, informierte Livia ihren Mann.

»Welcher Jens?«, fragte Henning barsch nach.

»Jens Friedrichs«, erklärte Livia ungeduldig. »Der von früher.«

»Und was will er nach so langer Zeit?«

»Er will mit uns reden.«

»Der Arsch soll wegbleiben«, giftete Henning im Hintergrund. »Der macht nur Ärger.«

»Wir müssen nicht reden«, sagte sie zu ihrem Gesprächspartner am Telefon. Livia sprach jetzt leiser. »Außerdem sind wir nicht gut zu Fuß und können das Haus nicht so ohne Weiteres verlassen.«

Genau darauf hatte Jens spekuliert. »Ich könnte heute Nachmittag bei euch vorbeikommen. Das macht euch dann keine Umstände.«

Hennings Wut schien sich noch gesteigert zu haben. Er brüllte lauthals und beschimpfte seine Frau.

»Gut«, sagte Livia Mansen. »Heute um fünf Uhr.« Ehe Jens noch etwas sagen konnte, war die Leitung tot.

Jens Friedrichs spazierte in aller Ruhe am Strand entlang, genoss den Ausblick auf die Nordsee und atmete tief die salzhaltige Luft ein. Innerlich bereitete er sich auf seine Mission vor. Den Elektroschocker führte er in seinem Rucksack bereits mit sich.

Pünktlich um fünf Uhr stand er vor dem Haus und drückte auf den Klingelknopf. Es dauerte eine Ewigkeit, bis die Tür geöffnet wurde. Livia sah ihn kaum an, deutete aber mit einer Kopfbewegung an, er solle eintreten. Er lief den Flur entlang und betrat die geräumige Küche. Henning Mansen saß am Tisch und starrte ihn an.

»Setz dich«, forderte ihn Livia barsch auf. Jens stellte seinen Rucksack auf einen Hocker neben der Küchentür ab und folgte

Livias Aufforderung. Auf dem Tisch standen drei Teetassen, eine Teekanne und eine Schale Kluntje. Livia schlich zum Kühlschrank und entnahm ihm ein Kännchen mit Teesahne, welches sie auf den Tisch stellte.

Niemand sprach ein Wort. Mit einer kleinen Silberzange legte Livia in jede Tasse ein Stück Kandis und goss Tee darüber. Das Knistern der Kluntjes war das Einzige, was die Stille unterbrach. Mit unsicherer Handbewegung gab sie in jede Tasse noch etwas Sahne und setzte sich schließlich. Jens hatte seine Hände auf seinen Schoß gelegt und sprach kein Wort. Das ältere Ehepaar trank schluckweise den Tee. Es war so, als hätten sie seine Anwesenheit vergessen.

»Und jetzt?« Livia hatte ihre Tasse abgestellt und sah ihm offen ins Gesicht.

»Moment«, sagte Jens und stand auf. In leicht gebückter Haltung öffnete er seinen Rucksack und nahm den Elektroschocker heraus. Er drehte sich um, hielt ihn an Livias Hals und schaltete ihn ein, bis seine Jugendliebe in sich zusammensackte und ihr Kopf auf den Tisch fiel. Anschließend machte er drei Schritte um den Tisch herum und tat das Gleiche bei Henning, der reglos, beinahe schockstarr zugesehen hatte, was mit seiner Frau geschehen war. Alles ging furchtbar schnell. Jens verzichtete darauf, zu kontrollieren, ob tatsächlich der Tod eingetreten war, denn sein technisches Wissen sagte ihm, dass kein Mensch diese Aktion überleben konnte. Den Elektroschocker verstaute er wieder in seinem Rucksack, peinlichst bemüht, nichts zu berühren. Ein zufriedenes Lächeln umspielte seinen Mund. Seine Mission war erfüllt und er hoffte, endlich Frieden zu finden.

## 19. Kapitel

»Und dann sind Sie bis jetzt auf der Insel geblieben?« Janneke vernahm die erstaunte Frage des Kommissars.

»Ja, das bin ich.« Jens Friedrichs' Stimme klang jetzt kräftiger. »Ich wollte sehen, was passiert.«

Vorsichtig lugte Janneke durch den Türspalt ins Büro. Der Gast aus der Pension saß jetzt aufrecht, mit hoch erhobenem Kopf auf dem Stuhl und wirkte gar nicht mehr so still.

Fokke lehnte an der Fensterbank und hatte die Arme verschränkt. »Herr Friedrichs, da ist noch etwas«, sprach er den Mörder von Livia und Henning Mansen an. »Sie kannten doch den Verlobten Ihrer damaligen Freundin Livia, Gernod Riesinger aus Bayern?«

Friedrichs' Gesicht bekam einen verbitterten Zug. »Ja, ich hörte von ihm.«

Fokke wechselte einen Blick mit dem Kommissar, der zustimmend nickte. »Herr Friedrichs. Ich habe mir die alte Akte angesehen. Sie wurden damals dringend verdächtigt, für den Tod des Herrn Riesinger verantwortlich zu sein.«

»Damit habe ich nichts zu tun.«

Der Kommissar übernahm wieder das Kommando. »Das werden wir später noch klären.« Er nickte seinem Kollegen zu. »Wir sollten jetzt aufbrechen, damit wir die Fähre noch erreichen.«

Das Klicken der Handschellen konnte Janneke deutlich hören. Sobald alle bis auf Fokke das Büro verlassen hatten, kam sie hinter der Tür hervor und betrat den Raum.

»Ich habe gesehen, dass du hinter der Tür gestanden hast«, meinte Fokke und setzte sich. »Das war ja leichter, als ich gedacht hatte. Er hat sofort alles zugegeben, zumindest was Livia und Henning betrifft. Er wirkte fast ein wenig erleichtert.«

»Nie im Leben wäre ich darauf gekommen, dass der so harmlos erscheinende Mann wirklich ein Doppelmörder ist.« Janneke war immer noch überrascht.

»Mich wundert es, dass er den Mord an Gernod Riesinger nicht gestanden hat. Schließlich hat er den Mord an dem Ehepaar Mansen gestanden, da wäre es ja nur natürlich gewesen, wenn er komplett reinen Tisch gemacht hätte.«

Janneke nickte. »Das hat er auch, denn er ist nicht der Mörder von Gernod Riesinger.«

Fokke sah sie ungläubig an. »Wie kommst du denn darauf?«

Sie stand auf und stellte sich vor Fokke hin. »Steh mal auf.«

»Was machst du denn jetzt?«

»Wenn ich mich recht erinnere, wurde Riesinger mit einem stumpfen Gegenstand an seiner linken Schläfe und Gesichtshälfte getroffen, sodass einige Knochen total zertrümmert waren. Der Täter hat den Schlag also mit der rechten Hand ausgeführt.« Sie hob die Hand und führte sie zu Fokkes linker Kopfhälfte.

»Stimmt«, pflichtete der Inselpolizist ihr bei. »Und wenn man mit links zuschlägt, trifft man die rechte Gesichtshälfte.«

»Wenn der Täter hinter Riesinger gestanden hätte, hätte er die Stelle nicht erreichen können«, fuhr Janneke fort. »Um das zu erreichen, müsste man um das Opfer herumgreifen und dann von vorne zuschlagen. Das geht nicht.«

Fokke runzelte die Stirn. »Und was willst du damit sagen?«

»Er kann es nicht getan haben, da er alles mit links machen muss und in der rechten Hand aufgrund seiner Fehlbildung eine Tatwaffe nicht festhalten kann.«

»Bist du sicher?«

»Du hast doch noch die Akte. Guck mal nach«, meinte sie und setzte sich abwartend hin. Fokke kramte die Akte hervor und las die entsprechende Stelle. »Du hast recht«, äußerte er sich nach einer Weile und ließ das Blatt sinken. »Er kann es tatsächlich nicht gewesen sein.« Heftig klappte er den verstaubten Aktendeckel zu. »Dann wird dieser Mord wohl ungesühnt bleiben.«

Dem konnte Janneke nur zustimmen.

***

Die Tür der Pension Strandlooper stand weit offen. Janneke hatte ihr Gepäck auf der Schwelle abgestellt. Mit Tränen in den Augen umarmte Hanna-Eva ihre Cousine. »Schade, dass du wieder fährst.«

»Ja, schade«, stimmte ihr Janneke zu. »Alles geht mal vorbei. Immerhin war ich fast sieben Wochen auf der Insel.« Insgeheim freute sie sich auf zu Hause, zumal sie das Ende des Falls Mansen noch mitbekommen hatte und, wenn man es ganz genau nahm, sogar maßgeblich an der Aufklärung beteiligt war. »Ich glaube, ich sollte mal los ...«

»Frau Hoogestraat ... Janneke ...«

Janneke sah sich um und erblickte Aaltje, die mit hochrotem Kopf auf sie zugerannt kam.

»Gut, dass ich Sie noch erwische«, stotterte Livias Tochter und setzte sich atemlos auf die Bank vor der Pension.

»Was ist denn los?«, fragte Janneke verwundert und setzte sich neben Aaltje. »Sie rennen ja so, als wäre der Teufel hinter Ihnen her.«

»Kann ich Ihnen ein Glas Wasser bringen?« Hanna-Eva war näher getreten.

»Nein, danke.« Aus ihrer Handtasche zog Aaltje das Tagebuch, welches sie die ganze Zeit bei sich hatte. »Ich habe heute Nacht wieder in dem Tagebuch meiner Mutter gelesen. Ich bin nicht so schnell vorangekommen, weil ich immer wieder eine Pause machen musste. Was meine Mutter da aufgeschrieben hat, hat mich total aufgewühlt, und oft konnte ich einfach nicht weiterlesen.«

»So schlimm?«, fragte Janneke nach.

Aaltje nickte. »Ja, es war schon ganz schön heftig, was ich da lesen musste. Heute Nacht bin ich auf etwas gestoßen, das alles in ein anderes Licht rückt.«

»Zeigen Sie mal her«, bat Janneke. Die Pensionswirtin hatte sich ebenfalls gesetzt und lauschte dem Gespräch der beiden Frauen.

»Ich habe ein Lesezeichen reingelegt.« Aaltje reichte Janneke das Buch, die es an der markierten Stelle aufschlug und laut zu lesen begann.

*»Hätte er doch nur den Mund gehalten. Ob ich es bereits geahnt hatte? Nein, ich wäre im Traum nicht darauf gekommen. Wir hatten wieder Streit. Henning war an diesem Tag außer sich und hat mich mit solcher Wut angesehen, dass ich mich das erste Mal tatsächlich vor meinem eigenen Mann fürchtete.*

*Hast du dir nie Gedanken gemacht, wie der Mann, der dir ein Kind angehängt hat, zu Tode gekommen ist?, hat er mir ins Gesicht geschleudert. Hast du nie mitbekommen, dass er dich aufs Schamloseste belogen hat?*

*Ich habe ihn gefragt, was er damit meinte.*

*Er sei auf dem Weg ins Geschäft gewesen, um seinem Vater das Ersatzteil, eine gusseiserne Kurbel für die alte Registrierkasse, zu bringen, welche an diesem Tag mit der Post gekommen war. Zufällig hat er Gernod von Weitem gesehen und ist ihm gefolgt. Er wollte ihn fragen, ob er es ernst mit mir meinte.*

*Warum wolltest du das wissen, habe ich ihn gefragt.*

*Weil ich nicht wollte, dass er dich unglücklich macht, entgegnete er. Dann erzählte mir Henning die bittere Wahrheit. Er ist mit Gernod in Streit geraten und hat ihn geschubst. Es gab ein Handgemenge. Gernod sei hingefallen und hat seine Brieftasche verloren. Henning hat sofort das Foto gesehen, welches aus der Brieftasche herausgefallen war. Es war ein Familienfoto, das Gernod mit seiner Frau und Kindern zeigte. Du bist verheiratet, du Schwein, hat er ihn angebrüllt und ihn mit der Kurbel zweimal ins Gesicht geschlagen, sodass Gernod umfiel und bewegungslos liegen blieb.*

*Ich war in diesem Moment derart entsetzt, dass Henning unseren Hausarzt verständigen musste, der mir zwei starke Spritzen gegen meine plötzlich aufkommende Migräne geben musste.*

*Ein paar Tage später habe ich Henning gefragt, warum er mich geheiratet hat.*

*Ich wollte dich beschützen, weil ich dich geliebt habe, hat er geantwortet. Er wollte mir die hämischen Blicke der anderen ersparen, die ich unweigerlich als ledige Mutter auf mich gezogen hätte.*

*Ich glaube, Henning ging es auch nicht so gut. Er sagte mir noch, dass er inständig hoffte, dass man Jens für den Täter halten würde.*

*Jetzt, da ich wusste, dass Henning Gernod erschlagen hatte, war jede Dankbarkeit für ihn von heute auf morgen weg. Im Gegenteil, tagtäglich bekommt er meine Verachtung zu spüren. Hin und wieder habe ich mich gefragt, warum ich ihn nicht einfach verlassen habe und seine abscheuliche Tat bei der Polizei angezeigt habe. Aber die Wertschätzung, die ich als Ehefrau des Unternehmers Mansen erfahre, wiegt alles auf und das hat mich auch zurückgehalten, ihn zu verraten. Ich habe beschlossen, bis an mein Lebensende dieses Wissen für mich zu behalten.«*

Janneke ließ das Buch sinken. »Wer hätte das gedacht.«

Hanna-Eva saß stumm da und hielt sich beide Hände vor den Mund. Aaltje biss ihre Lippen zusammen und knetete ihre Hände.

»Ihre Mutter hat sicherlich nie damit gerechnet, dass jemand den Inhalt ihrer Tagebücher liest«, meinte Janneke und schlug das Buch zu. »Sie hat die Bücher zwar versteckt, aber das Versteck war ja kein Geheimnis.«

»Ich wusste, dass sie dort einige Sachen ablegte«, bestätigte Aaltje.

»Vielleicht wollte sie die Bücher irgendwann vernichten«, überlegte Hanna-Eva. »Damit sie nie jemand zu Gesicht bekommt.«

Aaltje hob leicht ihre Schultern. »Leider ist sie schneller gestorben, als sie jemals geahnt hat.«

Janneke legte tröstend ihre Hand auf Aaltjes Arm. »Sie müssen das erst mal verdauen.«

Die beiden Cousinen sahen Livias Tochter nach, wie sie mit hängenden Schultern davonging.

***

Mit geschlossenen Augen lag Janneke in einem Liegestuhl in ihrem Garten in Amdorf und ließ die letzten Wochen Revue passieren.

Spontan hatte sie ihre Abreise um zwei Tage verschoben und gemeinsam mit Aaltje das Tagebuch zu Fokke gebracht. Dieser hatte nicht schlecht gestaunt und das fehlende Tagebuch kommentarlos in Empfang genommen.

Aaltje Martínez war am nächsten Morgen abgereist, nachdem sie sich bei Janneke noch einmal bedankt hatte. »Ich kann es immer noch nicht fassen, dass ich meine gesamte Kindheit mit dem Mörder meines Vaters unter einem Dach gelebt habe.«

Sie bestieg die Fähre nach Neuharlingersiel und drehte sich nicht einmal um.

»Ich denke, wir sollten niemandem hier auf der Insel davon erzählen«, überlegte Janneke, als sie mit Hanna-Eva am Abend in deren Küche saß. »Es ist alles schon schrecklich genug.«

Die Pensionswirtin nickte zustimmend. »Manche Sachen sollte man ganz tief unten begraben und einfach vergessen.«

Die Polizei wertete Livia Mansens Tagebuchaufzeichnung als Geständnis von Henning Mansen und schloss offiziell die Akte des Mordfalls Gernod Riesinger.

Fräulein Schneider sprang auf Jannekes Schoß und ließ sich von ihr den Kopf kraulen. »Katze müsste man sein«, murmelte

Janneke, schloss wieder die Augen und folgte weiter ihren Gedanken.

Wären die beiden Mordfälle im Abstand von fünfzig Jahren auch unabhängig voneinander geschehen? Jens Friedrichs wollte Rache und hat sich dafür ein halbes Jahrhundert Zeit gelassen.

Henning wollte Livia damals beschützen, weil er sie geliebt hatte. Deshalb erschlug er Aaltjes Vater, als er entdecken musste, dass dieser ein falsches Spiel mit Livia trieb. Aber was wäre geschehen, wenn er Gernod Riesinger nicht getötet hätte? Livia hätte den Süddeutschen ja niemals heiraten können, da er schon gebunden war.

Angenommen, Livia hätte irgendwann einen ganz anderen Mann geheiratet. Hätte Jens dann Livia und diesen Ehemann ermordet?

Janneke gab es auf. Livia Mansen war der Dreh- und Angelpunkt dieser Geschichte und aller daraus erfolgten Wirrungen und Verletzungen. Die tragischen Umstände waren eventuell das Resultat ihres doch sehr außergewöhnlichen Charakters.

»Jaaaanneke.« Onkel Hinrich hatte das Fenster geöffnet und rief lautstark nach seiner Nichte. »Essen fertig.«

Sie fuhr erschrocken hoch. »Was gibt es denn?«

»Krabbensuppe«, brüllte er und knallte das Fenster zu. Erfreut sprang sie auf und ging ins Haus. Es war Zeit, sich wieder um die Zukunft zu kümmern.

## Ostfrieslandkrimi Empfehlungen des Klarant Verlages

In der Ostfrieslandkrimi-Serie „Janneke Hoogestraat ermittelt“ von Ele Wolff sind bereits folgende Krimis erschienen:

**„Friesenhuus“, Band 1**
**Taschenbuch ISBN: 978-3-95573-494-7**
**eBook ISBN: 978-3-95573-495-4**

*Alles, was in Ostfriesland Rang und Namen hat, befindet sich im Hotel Friesenhuus in Leer, denn der bekannte Schmuck-Unternehmer Habbo Hohboom feiert seinen Fünfundsechzigsten. Doch während der Feier verschwindet sein Sohn Peter spurlos, und schon bald wird die Befürchtung zur Gewissheit: Der Juniorchef wurde entführt.*
*Die junge Krimi-Schriftstellerin Janneke Hoogestraat, die gerade im Friesenhuus einen Werbejob angenommen hat, ist vor Ort und voll in ihrem Element ganz ungefragt ermittelt sie kräftig mit. Schnell wird klar, die Familie und das Unternehmen Hohboom sind geprägt von Streit und Machenschaften. Und so weigert sich der Schmuck-Millionär, das Lösegeld zu zahlen, denn er glaubt, sein Sohn habe die Entführung nur inszeniert. Die Katastrophe nimmt ihren Lauf ...*

***Leserstimmen zu „Friesenhuus“***
*Bis zum Schluss wird die Spannung hochgehalten, denn die Zusammenhänge werden erst ganz am Ende klar. Ein sehr guter Ostfrieslandkrimi von Ele Wolff!*

*„Spannender Krimi! Ein Muss für alle die sich in Ostfriesland auskennen oder Ostfriesland kennen lernen wollen!“*

**„Eisige Gier", Band 2**
**Taschenbuch ISBN: 978-3-95573-616-3**
**eBook ISBN: 978-3-95573-617-0**

*Die junge Schriftstellerin Janneke Hoogestraat hat einen lukrativen Auftrag an Land gezogen. Sie soll die Familien- und Firmenchronik der de Groots schreiben, einer reichen Teehändler-Familie aus dem ostfriesischen Norden. Während der Arbeit an dem Projekt lebt Janneke in der Villa der de Groots, und schnell wird klar: Etwas stimmt in diesem Haus nicht. Vor zwei Jahren ist der Seniorchef Wilko de Groot gestorben, unter mysteriösen Umständen ... Zwischen den Familienmitgliedern herrscht eine eisige Atmosphäre, geprägt von Missgunst und Neid. Schon bald geschieht ein Mord, und Jannekes kriminalistische Neugier ist geweckt. Sie geht den dunklen Geheimnissen der Familie auf den Grund, und fördert Erschreckendes zutage ...*

**„Mörderischer Nebel", Band 3**
**Taschenbuch ISBN: 978-3-95573-738-2**
**eBook ISBN: 978-3-95573-739-9**

*Ein tragischer Mord erschüttert die Idylle im friesischen Amdorf. Die hübsche junge Haushälterin Okka Ahlrichs wird in einem Schuppen erschlagen aufgefunden. Einmal mehr mittendrin: die Schriftstellerin Janneke Hoogestraat, denn der Mord geschah in ihrer unmittelbaren Nachbarschaft ... Jannekes Neugier ist geweckt, und gemeinsam mit dem ermittelnden Kommissar Renke de Buhr geht sie der Sache auf die Spur. Schnell finden sie heraus: Okka hatte ein Verhältnis mit dem Tierarzt Hendrik Teerling. Wollte die junge Frau zu viel und der Arzt hat der Affäre brutal ein Ende gesetzt? Auch im Hause des Ehepaars Lammert, wo Okka arbeitete, scheint etwas nicht zu stimmen. Hat sie etwas entdeckt, das sie nicht entdecken durfte? Der Fall wird immer nebulöser. Es gibt viele Verdächtige, und ein überzeugendes Alibi hat niemand ...*

**Klarant Verlag**

Lernen Sie die Ostfrieslandkrimi-Titel des Klarant Verlages kennen und besuchen Sie uns im Internet unter:

**www.ostfrieslandkrimi.de**

**und**

**www.klarant.de**

Sie können dort Näheres über unsere Autoren erfahren, viele weitere interessante Bücher und eBooks finden und Leseproben herunterladen. Mit dem kostenlosen Newsletter erhalten Sie aktuelle Informationen rund um das Verlagsprogramm, wie beispielsweise spannende Neuerscheinungen und Gewinnspiele.